LE SILENCE DES ANNEAUX

AUX MÊMES ÉDITIONS

De Patrice DARD
(Les Nouvelles Aventures de San-Antonio)

Corrida pour une vache folle,
roman, 2002.

Les Contrepets de San-Antonio, 2002.

Un pompier nommé Béru,
roman, 2002.

Les escargots ne savent plus baver,
roman, 2003.

Ça se corse !,
roman, 2003.

De Frédéric DARD
(romans de jeunesse)

La Peuchère, nouvelle,
Lyon, 1938 ; Paris, 2002.

Monsieur Joos, roman,
suivi de
La Plaque tournante et
Vie à louer, nouvelles,
Lyon, 1941 ; Paris, 2002.

Le Norvégien manchot, roman,
Lyon, 1943 ; Paris, 2002.

Croquelune, roman,
Lyon, 1944 ; Paris, 2002.

Les Pèlerins de l'Enfer, roman,
Lyon, 1945 ; Paris, 2002.

Saint-Gengoul, roman,
Lyon, 1945 ; Paris, 2002.

Au massacre mondain, roman,
Lyon, 1948 ; Paris, 2002.

Équipe de l'ombre, roman,
Lyon, 1941 ; Paris, 2003.

Georges et la dame seule, roman,
Gap, 1944 ; Paris, 2003.

La Mort des autres, nouvelles,
Lyon, 1945 ; Paris, 2003.

Le Tueur en pantoufles, roman,
Paris, 1951 ; Paris, 2003.

Patrice Dard

LES NOUVELLES AVENTURES DE
SAN-ANTONIO

LE SILENCE DES ANNEAUX

roman qui fait peur

Fayard

San-Antonio est un compromis
entre ce que Frédéric Dard était
et ce qu'il aurait voulu être.

PATRICE DARD.

Avertissement

Toute ressemblance entre les psychopathes
de cette histoire et ton voisin de palier
devrait raisonnablement
te faire chier dans ton froc.

S.-A.

... si ma tante en avait eu, on l'aurait
appelée « mon oncle », pas vrai ?
Heureusement, ma tante n'en avait pas.
Par contre Santantonio et Béru, eux, en avaient.
Et des grosses comme ça, viens voir !

SAN-ANTONIO (1978).

A Odette et Félicie,
mes mères.

Première partie

« LE CHARCUTIER »

(tueur en série avec CAP)

1

Boudin

Selon un témoin auriculaire digne de foie (mignonne, allons voir si la cirrhose...), la première victime aurait hurlé pendant de longues minutes.

– J'ai cru que ça provenait des HLM de luxe, là-haut, sur les collines de Bois-d'Arcy, m'sieur le commissaire. Depuis qu'ils ont la première chaîne en couleur, ils regardent la télé jusqu'à point d'heure, ces bâtards de soixante-huitards pré-attardés, et ils l'écoutent, aussi, sono à fond les ballons ! Parfois, au gré du vent, j'avais l'impression que les cris s'échappaient plutôt d'un hangar désaffecté de l'aérodrome. M'enfin, c'était pas mon problème. Et puis, j'ai fini par m'endormir sur le coup de trois grammes et demi du matin.

D'après le légiste, Rebecca Dumaurier, dix-sept ans, avait été sodomisée à plusieurs reprises sans jamais dire merci une seule fois. Bourses déliées, son bourreau l'avait ensuite saignée à blanc, récoltant son sang dans une cocotte en fonte.

Avec une culinaire méticulosité, le meurtrier avait transformé l'hémoglobine en boudin noir, respectant les proportions d'épices et d'oignon et ne dépassant pas les 10 % de couenne autorisés par la législation, couenne qu'il avait prélevée sur les blanches cuisses de la gamine.

Il avait élaboré sa préparation sur un réchaud de camping, l'avait moulée dans un poussoir à saucisses qu'il avait abandonné sur place sans laisser traîner la moindre empreinte digitale.

On pense qu'il en dévora quelques portions, mais il offrit aux enquêteurs plus d'un mètre de boudin lové dans un plat blanc de traiteur acheté à la Bovida, 36, rue Montmartre, à deux pas des anciennes halles de Paris. Il planta dans l'étrange victuaille une étiquette mentionnant : Kg 6,50 F, ce qui constitue un prix modique, faut admettre, surtout pour de l'humain.

***

Je regarde tomber la pluie.

Plus exactement, je contemple son ruissellement le long de la façade en faux granit de la clinique de Chaville. J'ai recroquevillé le col de ma veste autour de ma pomme d'Adam. L'angine ne me ratera pas. Félicie pourra te le confirmer : chaque brise m'est blizzard. Tiens, déjà que je me racle la gargante ! Tu sais, cette impression que la maladie t'investit, que les microbes prennent possession de ta carcasse, que la fièvre monte à l'assaut de tes vaisseaux ? Tu renifles, morvasses, crachouilles, toussotes, tremblouzes, glaglates, chiffemolles sans préambule. De bien portant, tu es devenu prémourant d'un simple atchoum.

Je serais encore là à me pencher et m'épancher sur mon sort sans l'intervention de Sa Majesté Béru-the-First. Il me flanque une bourrade de mammouth.

– Gaffe-toi ! La gonzesse va sortir.

– Je croyais qu'elle terminait son service dans une demi-plombe.

– Elle a d'mandé à partir plus tôt pour aller chercher sa gamine à la maternelle.

– D'où tiens-tu cette info ?

– De Pinuche. Il a un ticket d'première classe avec l'infirmière-chef, une grande sèche jaunasse a'ec moins d'nichons qu'l'autoroute de l'Ouest ! C'genre d'tromblon, c'est son style, à la Vieillasse. Lui, il raffole les tout-en-os, y'a qu'à voir sa légitime ! Mon avis, il fait un complesque de maigritude. Tu l'imagines entr' les jambonneaux à ma Berthe ? Rien qu'avec ses lèvres intimes, elle te le broyerait corps z'et larmes ! Bon ! J'me casse, la v'là, faut pas qu'è m'repère. A toi d'jouer.

Béru rajuste son chapeau mou et s'éloigne sous les frondaisons du parc en dandinant sa surcharge pondérale telle une chenille géante de dessin animé.

La fille adresse un œil courroucé au ciel mal embouché, ceint l'imperméable autour de son ventre joliment rond et claudique vers la sortie de la clinique.

Comment l'aborder ? Je rumine les phrases construites pour pareilles circonstances :

« Vous cherchez un taxi ? »

« Je peux vous raccompagner ? »

« C'est pour dans combien de temps, le bébé ? »

Et merde ! Pourquoi le Big Boss m'a-t-il chargé d'une telle mission ? Séduire une vioque, il m'a déjà fait le plan dans *Le Gala des emplumés* ; embarquer un travelo, emballer une minette et même draguer une mine, banco ! Mais charmer une mousmée en cloque de sept mois avec ordre d'investir sa vie privée, ça, c'est une première, non ?

Remarque, elle est canon, cette nana ! Silhouette de sauteuse (en longueur, hauteur et diagonale), allure élégante, gracieux port-ventre, elle parvient à faire oublier, sous son Beurkberry made in China, l'émouvante coquille de son futur marmot.

Parvenue sur le trottoir mouillé de l'avenue de la Raie-Pudique, Mlle Rolanceveau (son prénom c'est Gina, que je suppute être un diminutif de Ginette) tire un fichu de sa poche et tente d'en couvrir son opulente tignasse noiraude. Mais voilà-t-y pas qu'une saute de vent subite jette le foulard dans les nues ? Et que le carré de soie volette en ma direction... Si t'appelles pas ça un cadeau du bon Dieu, Duconneau, c'est que t'es un mécréant patenté.

Je me précipite à la cueillette de cet oiseau de bel augure. Déjà, en mon bocal, une mentale gymnique s'opère : « Je vais choper le foulard, le rendre à la belle Gina, la foudroyer de mon regard de b(r)aise, entamer la converse, la raccompagner chez elle et mener à bien les projets du Tondu. »

Tu connais les déboires de Pérette et la cata de son pot (olé !) ? Du pareil au même ! Alors que je vais attraper le bout de chiffon à frimousse, un mahousse éternuement me secoue les naseaux. Éduqué comme tu me sais, j'interpose ma pogne entre les microbes et le vide intersidéral qui prolonge chacun de nos êtres.

Tiaf ! Ô la belle glu !

Ma paume devient aussi poissante que celle de ta fiancée quand elle retire sa main de la braguette de son voisin de cinoche.

J'hésite à ensouiller de morve un authentique foulard plagié Cartier. C'est comme au foot ou au rugby, mon vieux, la moindre tergiversation et tu te fais chourer la balle. Un gamin sur patins à roulettes passe en trombe, gobe le fichu et le restitue à sa propriétaire.

Gina le remercie d'un bref hochement du menton, traverse l'artère entre deux bagnoles, bondit dans le bus 169 et disparaît de ma vue.

J'essuie ma paluche après un thuya, arbrisseau le plus ringard de la Création qui reste cependant un torche-cul valable au plein cœur de l'hiver. Or l'hiver palpite dru, vu que les dindes de Noël commencent à se faire un sang d'encre.

Une Ford Taunus bleu métal s'arrête à ma hauteur.

– Il l'a dans le cul, le beau commissaire ? narquoise la juge Le Gwen.

– Il l'a dans le pif, surtout, répliqué-je en explosant à nouveau des narines.

– Montez ! On va chez moi, je vais vous préparer un grog.

– Mais... Gina ?

– C'est raté pour aujourd'hui. Venez !

Je grimpe dans la bagnole au côté de la substitute du proc de Versailles. Longiligne, poil dru, poitrine en poire d'hiver, hanche isocèle, visage émacié percé d'un regard pers, Gwendoline Le Gwen aurait pu défiler comme mannequin assis si elle n'était entrée dans la magistrature debout.

Tandis que j'attache ma ceinture (les flics sont devenus très regardants sur ce détail), elle m'applique la main sur la cuisse.

– Dites-moi, San-Antonio, la grippe ne vous empêche pas de bander ?

– Même l'impuissance ne m'empêcherait pas de bander, madame le juge.

– Alors la soirée promet d'être chouette !

2

Tripes

La seconde victime s'appelait Christine Poirot de son nom de jeune fille, Christie de son nom de scène. Elle avait dix-neuf ans et exerçait son art au Globus, une boîte située dans une ruelle à deux pas du château de Versailles. Son rôle principal consistait à s'allonger nue dans un filet tendu au-dessus des spectateurs et à se masturber. Elle exprimait tout son talent par des orgasmes particulièrement juteux. En début de soirée, elle arrosait l'assistance de son plaisir et il fallait voir les gogos tendre la langue pour cueillir les gouttes qu'elle dispensait. A partir de la troisième représentation, les follicules à sec, elle trichait en urinant, mais aucune papille n'avait jusqu'alors éventé la supercherie.

On ne sait comment « le Charcutier » (ainsi avait-il été baptisé par la presse du matin) l'avait entraînée jusqu'en cette cabane de jardin ouvrier de Croissy-sur-Seine. Toujours est-il qu'on avait retrouvé Christie éventrée après moult tortures sexuelles. Son bourreau avait poursuivi son trip en concoctant une magnifique recette de tripes à la mode de Caen avec ses viscères, ne négligeant ni les carottes, ni le bouquet garni, ni le vin blanc, ni la gelée pour compacter le tout.

Il en savoura sans doute deux ou trois tranches, mais laissa sur les lieux la majeure partie de la terrine affichée au prix inflationniste de 11,50 F le kilo.

***

Tu parles que la soirée a tenu ses promesses !

Dans son deux-pièces de Ville-d'Avray, Gwendoline hébergeait sa cousine de Quimper, fraîche débarquée pour le temps des fêtes avec force fars, galettes et litrons de chouchen fermier dans ses bagages.

Des pommes sur les joues, deux melons sous les mamelons et un joyeux potiron en guise de fion, Gwenola représente la version Bécassine de sa cousine Gwendoline. Mais crois-z'en-moi sur parole, ces deux femelles au biniou forment un fameux bagad ! Entre les crêpes fourrées, elles m'ont épongé le sarrasin jusqu'à Poitiers, et pas à moitié ! Sitôt que mon bigouden donnait de la gîte, elles se gwénolaient gaillardement pour me renflouer le triskel.

Mais bon, voilà, je suis pas disposé à te blatérer les turpinudes de cette noye, vu que j'ai mieux et plus à dire. Si ton lézard à tête chercheuse cherche une lézarde à combler, c'est pas le problo à ton Tonio. On en a vu qui se démarraient à la manivelle pour finir en apothéose. Il y a pas forcément besoin de graisser une bielle pour faire cracher le carbu !

Sache que les grogs de la jugesse, les ponctions de sa cousine et le lait de poule de Félicie, ma brave femme de mère qui m'attendait en sentinelle au petit matin, ont eu raison de mon état grippoteux.

C'est donc un San-Antonio débarrassé de tous miasmes et fringuant des paturons qui fait le poireau devant l'école maternelle du Chesnay, sous un ciel provisoirement rasséréné.

Au volant de sa traction-avant tout juste d'après-guerre, Béru couvre l'opération en petit déjeunant d'un jambon-beurre-pâté-saucisson-à-l'ail-roquefort-cornichons plus long que son cubitus et peut-être même que sa trompe australe. Auxiliaire stakhanoviste, Pinuche, à ses côtés, lui sert sans discontinuer des gobelets de juliénas en sirotant à ses coudées perdues sa boutanche de muscadet privative.

Un peu en retrait, garée sous les maigres marronniers fagotés par l'hiver, je remarque la Ford Taunus de Gwendoline.

Et cette brillance derrière le pare-brise, juste à la place du mort, ne serait-ce pas le crâne de mon supérieur rachitique (Béru dixit), alias le Vieux ?

Ils sont venus, ils sont tous là pour observer l'artiste. Cette fois, si le dom Juan de la Rousse ne parvient pas à brancher sa proie, il va davantage ressembler à un lavement qu'à la statue du Commandeur.

Gina débarque du bus 169, tenant par la main une blondinette d'environ trois piges. La fillette est harnachée d'un petit cartable rose frappé dans le dossard à l'effigie de Goldorak. A l'intérieur de la sacoche, on présage trois crayons de couleur éminés, un cahier quasi vierge, quelques gommettes et deux petits-suisses pour le quatre-heures.

La bientôt maman confie le produit de sa première nichée à une éducatrice devant la grille de l'école et s'en retourne vers l'arrêt du 169. Je m'élance derrière elle. J'ai trouvé comment l'aborder. L'accostage va s'opérer dans le bus, tout en douceur. La chance me sourit de toutes ses dents car la jeune femme est de repos, aujourd'hui.

Mais tu vas voir comment le sort peut aussi se révéler nauséabond quand il a décidé de te caguer dans les bottes. Un coup de klaxon trois tons vient déchirer mes tympans et mes desseins dans la foulée, ainsi que l'écriraient si joliment certains confrères que je ne dénoncerai pas. Au volant d'une R5 blanche, une platinée à racines queue de vache interpelle ma cible.

– Hé, Gina ! Monte, je te raccompagne ! (Pour de vrai elle prononce : montehaeu, j't' racompagnehaeu !)

La future parturiente grimpe dans la caisse ; la shampouineuse s'informe :

– Et ta p'tite pucehaeu, comment ça s'passe à l'écolehaeu ?

La R5 s'éloigne et moi j'enrage à m'en bouffer les roustons jusqu'à l'omoplate. Je grimpe à l'arrière de la poubelle du Gravos, lequel m'exhale un rot de bienvenue floralement composé de son pot-pourri gastro-intestinal.

– Démarre, Sac-à-Merde ! beuglé-je.

– Tu veux qu'on les serre, les pimbêches ?

– Qu'on les suive. Et discret.

Le bigophone de bord grésille, Pinuche décroche, éloigne le combiné de sa portugaise avec une moue de veau et me le tend.

– Tonio, m'sieur le directeur voudrait te parler.

Tout en chopant le crachoir, je jette un œil par la lunette arrière. La tonsure du Vieux étincelle de mille feux attisés par sa rogne.

– Aimez-vous la Bretagne, San-Antonio ? me lance-t-il dans l'ébonite.

– Comme toutes les régions de France, monsieur le directeur.

– Les embruns, la pêche aux coques, la belote coinchée avec un gardien de phare ? insiste-t-il.

– Envisageriez-vous de me muter, monsieur le dir... ?

– Dès demain, je boucle la Paris Detective Agency et je vous affecte avec vos deux pieds-nickelés au commissariat de Ploumanac'h Vermoh si vous n'avez pas mis fin d'ici là aux exactions du Charcutier ! La Justice, par la voix de Mme le juge Le Gwen, s'associe à cette mise en demeure. Je vais être clair : votre incapacité à mener à bien cette mission confine à l'incurie. Si la police demeure en cet état végétatif, il y a gros à parier qu'un jour ou l'autre Mitterrand sera élu président de la République. Vous imaginez le blanc virginal de notre cher drapeau flétri par la rose socialiste ? Vous en assumeriez l'entière responsabilité, San-Antonio !

Et il me raccroche au blair, l'Achille.

Nous filochons la R5 jusque dans une ruelle cafardeuse de Noisy-le-Roi où Gina descend. La Renault poursuit son chemin. La femme enceinte pousse le portillon donnant sur son jardin en friche. Au centre du lopin se dresse une baraque inachevée comme une symphonie de Schubert.

Seule une pièce a été aménagée, plus une kitchenette et un chiotte-salle de douche – je le sais pour les avoir visités, mais je t'en reparlerai en temps popotin. L'extension prévue du pavtard est constituée d'une charpente à demi couverte de tuiles mécaniques abritant plutôt mal que bien une petite tractopelle et une bétonneuse rouillée.

Béru coupe le contact de son tas de boue et se tourne vers moi.

– Il a raison, le Vioque, on devient des lopes dans la Volaille. Cette Gina, suffirait de l'alpaguer et d'la cuisiner pour qu'elle nous crachasse où ce qu'son Charcutier-tripier se planque !

– Tu te vois « cuisinant » une femme grosse de sept mois ? objecte Pinaud.

– S'agit pas d'lu coller des coups de lattes dans l'ballon, bien sûr, j'sus pas t'un monstre. Mais si qu'on l'interrogerait avec quelques piquouzes de pain-complet ?

– De penthotal ? rectifié-je. Ce genre d'injection pourrait être fatal à son fœtus.

– Et n'alors ? L'père du bébé, il est pas fatal à d'jeunes gonzesses qu'avaient pas espécialement envie d'finir en terrine ? J'le répète : on s'ramollit des couilles, par les temps qui coulent ! Tiens, j'm'rappelle y a dix piges d'un n'as-à-sein qui procédurait d'façon presque identiqu'ment similable. « La Sucette », qu'on l'avait surblazé dans les gazettes.

« Lui, c'tait la confiserie, son dada, tu t'en souviens, Pinuche ? Tonio s'pavoinait en mission du côté d'la Terre de Foutre, en Argenterie. L'Vieux nous avait désignés volontaires, moi z'et toi.

« C'était pas un cadeau, la Sucette ! Il entraînait les p'tites filles à l'écart des fêtes foraines en leur promettant des friandises. Et pis n'une fois qu'elles z'étaient isolées su' les bords de Marne, y t'les fort-niquait a'ec des suc' d'orge géants tout en s'f'sant astiquer le polichinelle à tête chercheuse. N'en final, il étranglait la gamine et lui bourrait l'fion de suqueries diverges et avariées.

« R'mue ton cerv'let, César Pinaud, et r'mémore-toive comment qu'on l'a coincée, cette starmaniaque ! Par sa gonzesse ! Textuel ! C'est elle qu'achetait tous les bonbons pour lui. On n'a jamais bien suve si elle était con-plisse, mais lui, il a fini égorgé par son voisin d'cellule quand çui-ci a découvert qu'la Sucette tésorisait des kilos d'sucres en morceaux dans son placard.

C'tait la fin des années soixante, l'bon temps de la Rousse, quoi !

Je sais, joli lecteur, que tu commences à te poser de légitimes questions à propos de l'étrange parcours du Charcutier.

En vérité, tout a basculé il y a une quinzaine de jours. Lors de ses deux premiers crimes, le tueur n'avait lâché aucun indice, effaçant toutes ses traces avec minutie, mais narguant la police par ses expositions de charcutaille humaine.

Il allait enfin commettre une bévue à l'occasion de son troisième forfait.

3

Rillettes

Patricia Ripley, l'enquête l'avait établi, s'affirmait végétarienne. Laurier, thym, sarriette, sauge et basilic, herbes délicates, étaient tout naturellement venus aromatiser les rillettes que l'assassin avait confectionnées avec le gras et le maigre de son corps.

Les sévices sexuels d'usage accomplis, le Charcutier avait entrepris cette longue et fastidieuse préparation qui consiste à désosser la carcasse, puis à hacher les viandes ainsi dégagées après les avoir mises en marinade une couple d'heures. Ce n'est donc que tard dans la nuit qu'il avait débuté la cuisson proprement dite. Il avait vraisemblablement choisi ce pavillon inhabité du Vésinet pour la tranquillité de son parc et les équipements complets, quoique vétustes, de sa cuisine.

De bonnes rillettes nécessitent sept à huit heures de mijotage, en n'oubliant surtout pas de rajouter régulièrement de l'eau pour qu'elles restent moelleuses. Aussi, accaparé par sa tâche, le charcutueur avait-il été surpris au petit matin par l'arrivée inopinée du propriétaire de la demeure, accompagné d'un marchand de biens auquel il souhaitait en déléguer la vente.

Il n'avait eu que le temps de sauter par la fenêtre, puis d'escalader le mur d'enceinte.

Quelques témoins l'avaient décrit comme un homme d'allure juvénile, de taille et corpulence moyennes, plutôt blond, brun ou châtain : le genre de description dont raffolent les flicards.

Mais il avait cette fois laissé traîner de nombreuses empreintes digitales. Une seule aurait suffi s'il avait été fiché. Hélas, l'homme qui « terrorisait l'Ouest parisien » n'avait jamais eu « maille à partir avec la justice », pour sacrifier aux expressions d'une presse que se faisait de plus en plus pressée et pressante.

C'est alors que le Vieux avait décidé de confier

l'enquête à son équipe fétiche. Tu as reconnu le trio d'élite San-A, Béru, Pinuche.

Ma modestie et mes chevilles dussent-elles en souffrir, j'ai tout de suite eu l'idée *of the century* !

Suis mon raisonnement, p'tit gars : pour qu'un gus, psychopathe ou pas, soit capable de préparer du boudin, des tripes et des rillettes sans une fausse note technique au point que les baveux le surnomment le Charcutier, c'est tout niais : il faut qu'il soit *vraiment* charcutier ! La seule quasi-certitude émergeant de son portrait-robot étant qu'il était plutôt jeune, j'ai envoyé une armada de bourdilles relever les empreintes sur tous les dossiers des récents reçus au CAP de charcuterie.

Une semaine plus tard, un dénommé Paul Hatta était identifié comme le meurtrier de Patricia et très probablement aussi de Rebecca et Christie, vu la similitude des méthodes criminelles utilisées.

Enfant de la DDASS, major de sa promotion d'HEC (Hautes Études en Charcutaille), le garçon venait d'être engagé chez Alido, une fabrique de charcuterie industrielle des faubourgs d'Argenteuil.

Félicitations du Tondu, éventualité de promotion, hypothèse d'augmentation, conjecture larvée de Légion d'honneur (à refuser de toute urgence) : j'ai eu droit à la panoplie des promesses foireuses dont l'administration a coutume de nous gratifier quand elle jubile.

Le Boss a vite déchanté : le type s'était évaporé.

Si Paul Hatta ne s'était pas présenté à son boulot depuis huit jours, il devait bien y avoir une raison.

– Il a reçu un coup de fil de sa gonzesse, a déclaré l'un de ses collègues, spécialiste de la tête de veau vinaigrette et du pied de porc farci. On l'a pas revu depuis, le p'tit Paul. Sa môme ? Elle joue pas les beatniks, elle travaille en clinique, à Chaville, et je crois bien qu'elle est en cloque, lui, il n'en dit pas une broque, c'est débile !

⁂

Depuis près de trois plombes, nous sommes scotchés, Gwendoline et mégnace, dans sa

Taunus parquée non loin de la cagna de Gina, avec vue imprenable sur le portillon au travers du pare-brise embué.

Histoire de tuer le temps, on se répète les gammes du couple promiscuité contre son gré, en débutant par les classiques : solo de mandoline à la charnière du collant, archet léger sur la boursouflure du kangourou, staccato vibrato aux confins de la dentelle, pour s'achever par un turlututu chapeau pointu de haute technicité : rien pour le teinturier, tout pour le dentiste ! Propre en ordre, comme on dit en Helvétie.

Les sens un temps apaisés, nous évoquons l'affaire en reprenant les choses dans le sens chronologique :

Que savons-nous de Paul Hatta, notre plus-que-suspect ? Peu, mais suffisant : sa mère a accouché sous X, il vient d'avoir vingt-deux ans, il a brillamment décroché son CAP de charcutier-tripier, effectué de nombreux stages et récemment trouvé un emploi chez Alido, boulot qu'il a plaqué la semaine passée, grosso modo lorsque, grâce à ma rutilante intuition, nous avons commencé à nous intéresser à lui.

– Il s'agit de la partie émergée de l'iceberg,

disé-je-tu à Gwendoline. Ce qui sous-nage est moins valorisant. Ce garçon exerce ses talents sexuels et culinaires sur des jeunes femmes qui ont en commun d'avoir interrompu leur grossesse en évoquant la récente loi Veil. Rebecca-boudin, Christie-tripes et Patricia-rillettes ont toutes trois eu recours à l'IVG à la clinique de Chaville, là où, comme par hasard, exerce Gina, la petite amie de l'assassin. C'est par elle, à son insu peut-être, que Paul Hatta recrutait ses victimes. Elle travaille au secrétariat médical et rapporte souvent des dossiers à taper à la maison sur sa machine à écrire.

– Enfant abandonné, il s'en prend à des filles qui avortent, relance Gwendoline, pour leur faire expier le crime de sa propre mère qui l'a rejeté. Si Paul Hatta n'a pas fait subir à Gina le sort des autres malheureuses, c'est parce qu'elle avait déjà une fillette et qu'elle attend un enfant de lui. Ses ovules féconds et son ventre rond lui ont sans doute sauvé la vie.

L'averse redouble de druesse (si tu préfères « drûïté » ou « drueur » en substantif de l'épithète « dru », libre à toi, te gêne pas). Aimable sourdine, Europe 1 nous mouline *Lili*, une récente chanson de Pierre Perret, chef-d'œuvre de poésie douce. Tiens, en v'là un, le Pierrot, qui pourrait finir un jour à l'Académie framboise à mes côtés et aux flancs de Trénet, Brassens, Ferré, Ferrat ; déjà qu'ils viennent de laisser s'envoler Jacques Brel pour ses Marquises des Anges sans lui avoir seulement fait une proposition honnête, ces Verts adams !

Brèfle ! Revenons-en à Gina. Fille de péquenots de l'Aude décédés dans un accident d'hélicoptère – l'engin qui traitait leur millet s'écrasa sur eux à l'heure de l'angélus pendant qu'ils glanaient –, Gina Rolanceveau a échoué de peu à l'école d'infirmières. A la question : « De quel côté se trouve le foie chez la femme ? », elle aurait répondu : « A gauche... en entrant », ce qui aurait souverainement déplu à un jury bilieux. Elle a donc dû se contenter d'une place d'auxiliaire médicale affectée au secrétariat, car elle avait tout pigié de la dactylographie.

Pour l'heure, nul ne sait qui est le père de sa petite Marie, aussi blonde que sa mère est brune. Celle-ci a assumé sa première grossesse toute seule, comme une grande. On ignore aussi les circonstances précises de sa rencontre avec Paul

Hatta, mais il est probable qu'elle eut lieu à la clinique de Rocquencourt lors d'un accident de travail survenu au jeune charcutier il y a un peu moins d'un an.

Tu me connais assez pro pour avoir mis Gina et son minable pavillon sous étroite surveillance. Nib de nib ! Depuis près d'une semaine qu'elle est en place, la souricière n'a rien donné. Ni de visu, ni par écrit, ni au téléphone le couple n'a établi depuis le moindre contact.

Lors des absences de la belle arrondie hors de son domicile, avec l'efficacité et la discrétion que tu nous concèdes, nous avons exploré avec Mathias le logement de Gina. Sais-tu, à propos de notre bon rouquin du labo, qu'il vient de fêter la naissance de sa petite Amélie-Mélanie ? Première de ses filles, elle est déjà précédée par une tripatouillée de garçons tous aussi rouillés des tifs que leur parternel, ce qui témoigne de la virulence de ses spermatos et de la fidélité de son épouse, le malchanceux ! Rémy-Martin, Jean-Eustache, Louis-Armand, Yves-Robert, Pascal-Blaise, Maurice-André, Lucien-Aymar, Constant-Benjamin Brice-Gonzague, Jacques-Attila et maintenant Amélie-Mélanie, quelle idée de choisir des prénoms composés quand on s'apprête à pulvériser le prix Cognacq ? On risque d'essouffler le calendrier.

Malgré tous nos efforts, nous n'avons retrouvé aucun vêtement, aucun objet censés appartenir à Paul Hatta. Il avait à nouveau effacé toutes traces de son passage, comme sur les lieux de ses crimes.

A plusieurs reprises nous avons prélevé des empreintes sur les surfaces lisses de la baraque : aucune ne correspondait aux siennes. Or, par ses collègues de travail, par des voisins veillants et malveillants, nous savions pourtant qu'il avait vécu là. Mais les témoignages de nos contemporains n'ont que peu de crédit devant un tribunal, en regard des preuves scientifiques.

Que nous reste-t-il donc à nous mettre sous la dent, sinon Gina ? Elle seule, sans doute, sait où se cache le dangereux psychopathe qui partageait sa vie. Depuis hier, le Vieux m'a chargé d'infiltrer discrètement l'intimité de la jeune femme afin de tenter de découvrir la planque de son amant sans l'effaroucher. Si ce type disparaît du secteur, il reprendra la série de ses abominables crimes dans une autre région et nous serons revenus à la case départ.

– En prétendant exercer vos méthodes tout en séduction, commissaire il faut bien reconnaître que vous avez échoué, souffle Gwendoline. Sauf avec moi.

Elle attire à nouveau ma main vers les moiteurs de son entre-deux.

– Belle jugesse, mon dirlo m'a déjà fait miroiter la Bretagne et une autre manière de pêche aux moules, alors parlez-moi franco de port !

Je tampaxe et des meilleures, car voilà que Gina quitte précipitamment son gourbi. Elle n'a pas pris le temps d'enfiler son imper sur sa robe de pauvre lainage.

– Il est midi et demi, constate la juge Le Gwen. Elle va chercher sa gamine à l'école.

– La petite Marie mange à la cantine, objecté-je.

– Pas les jours de repos de sa mère ?

– En principe, si.

Gina passe devant notre voiture et se dirige vers l'arrêt du bus 169. Sa vie me semble bien monotone pour une maîtresse de tueur en série.

L'averse s'envenimant, la jeune femme trotte jusqu'à l'abri nouvellement mis à disposition par Jean-Claude Decaux.

Je laisse naviguer mon médius sous les narines de Gwendoline.

– Madame le juge, le parfum de cette phalangette atteste l'intimité de nos relations.

Elle me prend la main et suçote le bout de mon majeur avec volupté.

– Et quelle succulente intimité !

– Alors arrêtez de me raconter des vannes ! Je parie que vous savez où se rend Gina à l'intant présent.

Miss Le Gwen ne cherche pas à biaiser.

– Exact. C'est une idée du directeur de la police, votre propre chef.

– Quoi ? Quelle idée ? m'emporté-je.

Un coup d'œil humide nous permet de constater que Gina attend toujours sous l'Abribus martelé par la pluie.

– Du calme, je m'en vais tout vous expliquer...

– Je me méfie de ce qui fulmine sous la capote en peau de fesse de mon dirlo.

– Vous avez bien tort, votre Boss est une sorte de génie diabolique.

– Vous qui incarnez la Justice, aurait-il réussi à vous embobiner ?

– Pas moi : mon ministre, avec qui il est cul et chemise. Désolée : j'obéis aux culs, j'obéis aux chemises, j'ai besoin de faire carrière.

– Et c'est quoi, son idée ? gronchogné-je.

Gwendoline m'adresse un petit signe apaisant.

Le bus 169 déboule en aspergeant la piétaille des eaux bourbeuses du caniveau. T'as remarqué l'à quel point les porcs de maintenant n'en ont plus rien à foutre d'autrui et autres gorets ? Moi, môssieur, quand j'étais jeunot, je pissais dans les boîtes à lettres, gerbais à l'intérieur des voitures décapotables et chiais dans des enveloppes que j'expédiais à mes profs de maths. Quand on enféquait l'autre, ça n'était jamais au petit malheur la chance. Au jour d'aujourd'hui, un brave RATPiste peut te cracher à la gueule sur un simple freinage. C'est triste de ne pas savoir dispenser son mépris, de le galvauder, d'en faire une bouse anecdotique quand tant et tant de salopards en verraient le fumier de leur existence enrichi.

Sa robe étoilée de gadoue, Gina grimpe dans le bahut qui redémarre dare-dare avec autant de hargne qu'il a stoppé. Je la vois se raccrocher à la barre verticale, puis tenter de composter son ticket. Il est des instants où l'existence malmenée des autres m'attrape à bras-le-cœur. J'ai l'impression fugace de tomber amoureux de cette silhouette ballottée qui s'éloigne sous l'averse.

– Voilà ! m'explique Gwendoline. Gina rejoint l'école de sa fille, d'où l'on vient de la contacter. En arrivant sur place, elle apprendra qu'à la récréation sa petite Marie a disparu, enlevée par un homme répondant au signalement de Paul Hatta. Elle va rentrer chez elle effondrée. C'est là que vous interviendrez, commissaire de mes rêves.

– Mais la gamine ? m'exclamé-je.

– La voici !

La Citron pourrie du Mastard s'arrête en double file à notre niveau. L'Immonde s'en éjecte, serrant dans ses bras une petite blonde endormie. Il ouvre la portière de la Taunus et dépose la gamine sur les genoux de Gwendoline.

– V'là l'paquet-cadeau, ma'me le juge ! Son blaze c'est Marie, mais d'après s'lon sa maîtresse, on l'appelle Marie-Do. J'ai z'obéi à ce kidnapinge pour respéter au devoir d'mon métier.

Mais du fond d'ma conscience, mon démissionnement s'ensuivra par retour de courrier !

Puis, s'adressant à moi :

– Franchement, Tonio, j'veux pas imaginer c'qu'on s'ra adviendu dans la police en l'an 2000 !

4

Cervelle ?

Pluie, grêle, vent, crachin, cochon, couvée !

Le ciel à la Vlaminck est comme halluciné.

– Tatata... Tataté... Tatatatabi ! chantonne la petite Marie-Do sur un air entraînant. Puis elle s'exclame : Maman !

La première, elle a vu sa mère jaillir de la tourmente, traverser la rue et se précipiter tel un fantôme de l'Atlantide vers son portillon.

– Tu seras bientôt avec elle, ma chérie, tout va bien, la rassure mam'zelle Le Gwen. C'est à vous de jouer, commissaire. Allez-y !

– Si vous me lâchiez la bite, madame le juge, ma liberté de mouvement s'en trouverait accrue.

– Excusez-moi, il est de délicieuses habitudes qui se perdent difficilement.

Je rattrape Gina dans son jardinet. Sa chevelure ressemble bien à un corbeau culbuté par un tracteur. Sa robe lui colle à la peau, dessinant les hémisphères de ses seins, de ses fesses et la rondeur de son ventre. Le rimmel sillonne son visage de longues traînées grisâtres qui rehaussent l'opalescence de ses yeux azur. Le déluge est pour elle un fard qui, loin d'affadir sa beauté, l'exalte.

Je lui chope la clé des mains et ouvre la porte de son domicile. Nous nous engouffrons tous deux à l'abri de la tornade. D'un coup de talon, je reclaque la lourde.

– Qui êtes-vous ? s'enquiert-elle sans manifester d'inquiétude.

– Moi.

Je saisis ses joues rosées à pleines paumes et applique mes lèvres contre les siennes. Nous échangeons un long bécot de premiers communiants. Sa bouche fraîche et humide m'évoque la saveur des framboises sauvages qu'on allait cueillir avec maman sur le col de l'Épine vers la fin août. On en remplissait un grand pot à moutarde de métal doré que j'avais attaché par l'anse à ma ceinture. Au retour, Félicie les laissaient « crever » avec du sucre, et le lendemain matin la cuisson de la confiture embaumait tout le presbytère que nous prêtait pour les vacances un arrière-cousin curé de mon père.

– Qui êtes-vous ? répète Gina, se dégageant doucement de mon étreinte.

– Un passant qui passe.

– Il me semble vous avoir déjà vu par ici.

– Possible, je suis inspecteur de police à Versailles, menté-je à la jolie, bien à plomb. Je tourne souvent dans le secteur.

– C'est à propos de Marie-Do que vous êtes là ?

– De sa disparition, oui.

Gina est parcourue d'un long frisson.

– N'ayez pas peur, on va la retrouver...

– Je n'ai pas peur, j'ai simplement froid. Mes vêtements me glacent. J'ai besoin d'une bonne douche.

Elle ôte sa robe et disparaît par une porte dé... ? Robée, tout juste, mon biquet : dérobée derrière un rideau de toile de Jouy (ça ne s'invente pas).

J'esgourde le crépitement de l'eau sur son corps et ce son effrène une trique d'enfer dans mon caleçon. Elle reparaît bientôt, gracieuse et plus nue qu'au jour de sa naissance puisqu'à son tour en instance de donner la vie.

De la voir ainsi déloquée, j'en reste inter... ? Loqué ! Parfait, je vois que tu suis.

Elle s'amuse de mon étonnement.

– C'est la première fois que vous voyez une femme enceinte ?

– Nue ? Non... enfin... oui..., bredouillé-je. J'ai un petit garçon, Antoine, mais il est adoptif... et je... je n'ai pas connu sa mère quand elle l'attendait...

Gina vient plaquer son ventre contre le mien tout en se rejetant en arrière jusqu'à sentir contre son pubis la fermeté de mes émotions.

– Vous êtes fort, susurre-t-elle.

Tu me verrais en la circoncistance, tremblant des guiboles, vibrant à me déglinguer comme un avion de brousse au décollage.

– En fait, je pensais que la grossesse annulait la sensualité chez une femme en en faisant un peu la mère de tous les hommes, dis-je en lui frôlant délicament les épaules. Mais je me rends compte qu'elle exacerbe au contraire la féminité. Je n'ai rien connu d'aussi émouvant que ce ventre.

– Alors prends-moi. Qu'est-ce que tu attends ?

Je décroche un peignoir et le lui tend.

– Habillez-vous, Gina.

Tu penses que je me dégonfle, hein ? Que ton San-A aurait dû t'offrir une troussée fantastique, la chevauchée de Guebwiller, jouer les méharistes de la tringlette, revisiter Jules Verne : « Cinq Semaines sur le ballon », « Voyage au centre de la Lune », « Vingt Mille Nœuds sous la mère », « Grosses Burnes le Conquérant ».

T'as raison, Couillonneau, je me déballonne. Je ne sais pas bien comment m'y prendre et puis, franchement, je n'aime pas trop les poules couvées par un autre coq.

Gina se rajuste. Elle me fixe avec intensité. Je remarque que l'un de ses yeux bleus est plus pâle que l'autre, ce qui lui confère un faux strabisme voluptueux.

– Vous êtes un type bien, me dit-elle. Vous ne profitez pas des situations. Pourtant, j'avais vraiment envie de faire l'amour avec vous.

– Je ne suis pas spécialement un type bien. Je suis un flic. J'ai plein de questions à vous poser, pas toutes agréables.

– Asseyez-vous sur le canapé. C'est également

mon lit lorsque je le déplie, mais rassurez-vous, je ne vais pas vous violer. Un thé vous ferait plaisir ?

– Depuis notre dernière défaite 7/16 en rugby contre le pays de Galles, je préfère le café.

Gina met de l'eau à chauffer sur la gazinière et vient s'asseoir près de moi.

– Je vous écoute.

– Marie a été enlevée, bilboqué-je d'entrée.

– Non. Marie-Do a disparu. Je n'ai pas un sou, ce n'est pas un rapt.

– Son père a peut-être souhaité la récupérer ?

Gina éclate de rire

– Son père ? Il m'a larguée à sa naissance, pourquoi viendrait-il me la piquer aujourd'hui ? C'est ridicule.

– Et Paul Hatta ? instillé-je doucettement.

– Qui ça ?

– Le père de l'enfant que vous portez.

Gina profite du sifflement de la bouilloire pour s'esbigner et se soustraire à ma question. Elle fourgonne derrière le coin-cuisine.

– Paul Hatta ! répété-je. L'homme qui a enlevé votre fille correspond à son signalement.

– Je ne vois pas de qui vous parlez.

– Je parle de l'ennemi public numéro 1, de

l'individu le plus recherché de France, d'un type qui massacre des jeunes femmes et avec lequel vous viviez il y a encore moins d'une semaine ! grondé-je.

Gina rapplique en me tendant une tasse de café.

– Je ne vis avec personne, affirme-t-elle avant d'aspirer une gorgée de thé.

Je désigne son ventre.

– Et ce bébé, vous le devez à l'opération du Saint-Esprit ?

– C'est mon affaire. Je suis une femme facile, je vous l'ai prouvé. Fille ou garçon, mon enfant n'aura pas de père. Je serais infoutue de le retrouver. Il y a sept mois, j'ai participé à un tas de partouzes pour me faire du fric. Je me suis retrouvée prise et j'assume, étant contre l'avortement.

Elle avale son thé à petites lampées, m'invitant à boire chaud mon café.

– Il n'est pas terrible. Je n'ai pas de cafetière, alors je le prépare à la turque, dans une casserole.

Je réprime une grimace.

– Ça ira, pour le caoua. Mais votre version concernant Paul Hatta ne tient pas la route.

Plusieurs de ses collègues de travail ont dit que vous veniez l'attendre devant l'usine. Ils vous ont décrite.

– Cheveux noirs, un gros ventre... ? Je ne suis pas la seule brune enceinte de la région parisienne.

– Le problème, c'est que vos voisins ont également reconnu Paul Hatta. Ils affirment qu'il habitait chez vous et qu'ils ne l'ont pas revu depuis une huitaine. C'est-à-dire depuis le moment où il a été suspecté d'être le Charcutier.

– Les voisins bavassent pour tuer le temps, surtout dans ces banlieues à dépérir d'ennui. Ils ont peut-être vu des mecs rentrer chez moi : normal, j'ai le feu au cul. Tous les deux jours je m'en fais un nouveau. Tiens, je parie qu'ils témoigneront que vous m'avez sautée aussi.

J'ingurgite une nouvelle gorgée de mauvais café et fais claquer la sous-tasse sur la table basse en pur rotin de Chavignol.

– La disparition de votre fille ne semble pas vous tracasser. Pourtant, la directrice de la maternelle a formellement identifié Paul Hatta comme son kidnappeur.

– Impossible !

– Pourquoi ?

– Je ne connais pas ce mec et il ne connaît pas ma petite Marie-Do, fait-elle, butée (à défaut d'être cul-idem).

– Quelle raison vous pousse à protéger ce monstre ?

– Je ne protège personne. Vous faites erreur, un point c'est tout !

Tu peinerait-t-il-tu pas à garder ton flegme, l'ami, face à tant de mauvaise foi ?

– Gina ! Je vous en conjure, renoncez à cette attitude idiote. Rebecca Dumaurier, Christine Poirot et Patricia Ripley ont récemment eu recours à l'IVG dans la clinique où vous travaillez. Toutes trois ont été violentées et martyrisées par votre amant. Souhaitez-vous que votre enfant subisse le même sort ?

– Je ne comprends rien à ce que vous me racontez.

La tasse tremble entre mes doigts. Je donnerais deux ans de ta vie plus la rondelle de ta sœur cadette pour qu'une méchante fée transforme cette ravissante femme enceinte en un horrible moustachu dont je défoncerais le portrait avec une ravissante délectation.

– Votre obstination, Gina Rolanceveau, m'oblige à demander au juge de vous inculper pour complicité d'actes de barbarie suivis d'assassinat.

La menace a porté, car la fille pâlit. Elle devient même toute blanche, diaphane, et s'évapore.

Une brûlure entre mes cuisses : le reste du café s'est renversé sur ma braguette.

Ébloui jusqu'au fond de mon être, je ne ressens plus rien et sombre dans un gouffre infini. Ô Freud !

*
* *

Deux boules de naphtaline ont investi mes narines. Un éternuement de mulet s'ensuit, prolongé d'un crachotement et d'un retour à la planète Vie.

– Ça y est, le tombeur de ces dames refait surface, glousse une voix juvénile et familière. Elle t'a piquouzé copieux, ton infirmière de mes deux !

Marie-Marie renifle ma tasse de café.

– Ou elle t'a fait avaler le bocon dans l'expresso ! Ça requinque bien, un petit jus après l'amour, hein, espèce de salopard ! Que t'ailles chercher ton matos à la sortie des collèges, je dis pas, je suis preneuse. Mais que tu fasses l'entrée des maternités, ça, ça me troue le cul ! Depuis le temps que je t'aime, j'étais prête à te donner un marmot avant mes premières doches ! J'ai patienté. Maintenant, j'ai dix-sept piges et des ovaires flambant neufs. Seulement Mossieur l'Antonio préfère s'achalander au service après-ventre !

La Musaraigne est adorable dans un manteau vert sombre. Elle porte au cou un très long cache-nez jaune qui tombe presque à terre devant et derrière ; sur ses cheveux un bonnet tricoté avec la même laine.

– Escuse-moi, l'artiste, mais pour te ranimer, j'ai rien trouvé d'autre que de la naphtaline dans la penderie de cette putasse.

L'effluve antimite se dissipant, un autre genre de puanteur achève de m'éveiller.

– Une canalisation a pété ?

– Non, tonton Béru ! Si je te disais qu'au déjeuner il a briffé un petit salé aux lentilles ?

Je me redresse avec peine sur mes coudes.

– Comment m'avez-vous retrouvé ?

– Des voisins ont signalé une femme inerte dans une bagnole. D'abord j'ai cru qu'on lui avait explosé la cervelle. Mais c'était presque pire. La matière grise ne provenait pas de sa calbombe, mais d'un pistolet à colle. On lui avait englué les tifs et la joue après le montant de sa chignole. Plus elle gigotait, plus elle s'arrachait la peau. Y a fallu l'embarquer à l'hosto avec un morceau de sa Taunus découpé au chalumeau.

– Tu parles de Gwendoline ?

– La juge Le Gwen, ouais ! Je mise que tu l'as baisée aussi ?

– Celle-là, oui. Et la fillette ?

– Disparue, avec ta morue en cloque !

– Et ton oncle pétomane ?

– Il cherche une cabine téléphonique pour avertir le Vieux. Paraît que ça va chier des bulles et que vous allez tous vous retrouver dans le Finistère-Sud. Moi, ça me botte. J'irai à la fac de Quimper, tous les jours je passerai te faire un bisou et un beau soir, on fera l'amour.

– Jamais !

Comme quoi il ne faut jurer de rien, tu es bien placé pour le savoir, toi mon féal de toujours. Depuis, j'ai eu une petite Antoinette avec Marie-Marie et mon Antoine est prêt à se marida avec Amélie-Mélanie, la fraîche née de Mathias.

Bien sûr, si l'ADN, les empreintes génétiques et tout le saint-frusquin avaient été au point en ce temps, peut-être aurions-nous pu arrêter Paul Hatta, dit « le Charcutier ». Mais ces péripéties se déroulaient il y a vingt-cinq ans, et il court toujours. On n'a jamais revu non plus Gina Rolanceveau, ni le bébé qu'elle portait, ni sa petite Marie-Do.

A l'époque, je comptais te narrer cette histoire sous le titre : *Si ma tante en avait* et la dédier à Bertrand Poirot-Delpech qui n'avait pas encore été statufié par l'Institut.

Ce livre fut écrit et publié, mais il raconte une autre histoire qui se passe en Bretagne. Je n'allais tout de même pas me vanter du seul échec cinglant de ma flamboyante carrière !

Tu te demandes pourquoi je te reparle de ça aujourd'hui ?

Viens faire un tour avec moi dans le présent,

et tu comprendras tout. Cadeau Bonux, comme on disait il y a un quart de siècle : je vais t'offrir et résoudre deux énigmes pour le prix d'une. Et pas des moindres !

Il est pas chien, ton San-A, reconnais !

Deuxième partie

RETOUR
AU TROISIÈME MILLÉNAIRE
(serial killer mal intentionné)

PREMIÈRE ÉPREUVE

A tire-larigot

5

Cervelle !

Il y a des matins comme ça où tu te réveilles, il fait beau, les oiseaux piaillent, ta zigounette piaffe dans ton absence de pyjama et tu te dis que la journée sera belle et riante. Damiens, lui, l'avait pronostiquée rude et n'allait pas être déçu, écartelé premier choix pour un malandrin coup de canif.

Il y a des matins comme ça où dès ta première pensée tu te goures grave. Mais ça, je ne le sais pas encore.

Sur le guéridon de ma piaule, un fastueux *brique-faste* (Béru dixit) m'attend. Un bol fumant, des tartines aux plus douces saveurs de nos rosacées : fraise, framboise, pêche, cerise et mirabelle. Et puis du lard grillé à souhait, des œufs guy-mollets, quelques crêpes de froment, un rien de saumon fumé, une chincherlèche de crème fraîche d'Isigny et une motte de beurre d'Eschiré. Penses-tu que ma chère Félicie bloblote à préparer encore ainsi le casse-croûte de son fiston, ou qu'elle s'alzheimerise dans son cocon de tendresse depuis le temps qu'elle pratique le culte de son rejeton ? Tout faux, P'tit Mec. Ma mère est juste magicienne. Avec elle, hier, aujourd'hui et demain se confondent en une apothéose d'amour. L'amour, tu connais ? Je ne te parle pas de l'orgasme que tu ressens le dimanche à l'heure de la messe en polissant ta Xara Picasso alors qu't'aurais mieux fait de lustrer ta gonzesse. Non, je te raconte l'exsudation du cœur, la profuse passion qui te jaillit des entrailles, qui t'étreint la glotte sans crier gare, qui amollit ta moelle et laisse perler la pluie au coin de tes paupières sans qu'un para-larmes ait le temps de s'encoroller.

Félicie figure l'Amour comme Mariane incarne la République. On devrait installer son buste dans toutes les bonnes chambres et laisser planer son ombre bienveillante sur les générations futures.

Je n'ai pas entendu le cliquetis de l'arme. Je n'ai pas vu davantage ce viseur au laser pointé en direction de notre pavillon de Saint-Cloud.

*
* *

Cela faisait deux heures qu'IL attendait dans la Volvo S80 volée la veille à un quincaillier d'Étampes. D'une exquise politesse, IL aimait arriver à ses « rendez-vous » avec une certaine avance. IL prenait le temps de repérer les lieux, de détecter le meilleur angle, de s'imprégner de l'atmosphère. Les senteurs du site où devaient se dérouler ses missions l'envoûtait. IL humait la subtile fragrance d'une fleur, le frichti d'une cuisine voisine, l'aisselle pimpante d'une passante aussi bien que le fumet d'une lointaine poubelle. En vérité, IL attendait l'instant magique où une simple pression de son index ferait s'exhaler le parfum absolu, synthèse de poudre, de sang et de mort.

*
* *

Je vire les crêpes, les toasts et autres viennoiseries dans le jardin contigu d'une propriété inoccupée pour cause de décès, légitime motif de vacuité. Les merles sont habitués à cette prodigalité et se battent tous les matins pour partager les reliefs de mon festin. Ils doivent me prendre pour un sans foi ni loi quand je m'absente du domicile maternel et les abandonne à leur fringale.

Sur l'autre bord, chez les Durondin, un caniche royal frisotté et une doberwoman borgne attendent le bacon en se pourléchant babines et trou du derche, car les chiens discernent mal l'entrée de la sortie d'un tunnel.

Je n'ai jamais osé dire à maman que les années s'empilant (avec respect) sur mon corps d'athlète (mais sans retour, quand même), un jus de pamplemousse, un café noir et une cuillerée de confiote subvenaient suffisamment à ma ration matutinale.

Je lorgne machinalement par la croisée. Elle est là, ma doulce Félicie, sur le trottoir, devant le portail, en parlote avec quelqu'un que je ne distingue pas. Même quand elle se présente de dos, ma mère, j'arrive à deviner son visage. Là, tu veux que je te dise : elle sourit. Pas un de ces rictus de courtoisie qu'on décerne à une badaude empressée de vous présenter son dernier petit laideron. Je te parle là d'un rire franc et massif, fait d'amusement et bonne humeur. La manière dont sa nuque se creuse, dont les ourlets de ses fines oreilles apparaissent sous la mousse blanche de ses cheveux : des petits signes de rien qui me manqueront tant si un jour... quand un jour !

Mais pourquoi je t'explique ça, à toi dont la tronche est plus facile à farcir de persil que de nobles sentiments ?

La personne avec qui cause maman s'avance d'un pas, ce qui me permet de constater qu'il s'agit d'une femme, vu le petit peton qu'elle a élégamment glissé dans le nouveau modèle en cuir vermillon de chez Prada. Cendrillon aurait dû se badigeonner le riboui de vaseline pour enfiler une pompe d'une telle finesse. L'ensemble est si gracieux qu'on jurerait une main gantée. Un pied comme ça t'en promet d'autres, parole !

J'ouvre la fenêtre et me penche pour tenter

d'apercevoir une part encore plus alléchante de ce petit cadeau sur pattes.

Un crissement de pneus façon Schumacher cadet essayant de niquer Schumarer aîné au départ de Monaco me détourne un instant la calbombe. Qu'aussitôt mes quinquets reviennent en pole position pour voir s'écrouler Félicie et le Petit Paturon rouge.

La bagnole ? Qu'est-ce que j'en ai à foutre, de la bagnole ! Elle a déjà disparu. Rose bonbon, lie-de-vin ou caca d'oie, je ne saurais te cracher sa couleur. Tout ce que j'affirme, c'est qu'à l'intérieur de cette guinde il y a un fumier qui regrettera un jour que sa vioque n'ait pas pris la pilule le soir où son dabe l'a grimpée.

Pas le temps d'emmancher l'escadrin, j'enjambe le garde-fou et me ramasse dans le massif d'aucubas sans prendre le temps de te façonner un jeu de mots impérissable avec le nom ridiculet de cet arbrisseau ornemental de la famille des cornacées.

En deux bonds trois foulées je suis auprès de ma mère. Elle est allongée sur le dos, coincée sous le corps inerte de Cendrillon. La cervelle de la fille s'évade comme une lave de la perforation gros calibre qui lui couronne l'occiput.

– Pour moi, ça va, Antoine ! souffle Félicie.

Qu'elle souffle bien, ma Féloche, quand la vie l'inspire encore !

Déjà des voisins rappliquent et m'aident à dégager maman, à la remettre debout et de ses émotions. Témoins privilégiés, ils ont tout vu sauf l'essentiel. Une sirène poliçarde s'annonce dans les lointains. Un candidat zélé au journal de 13 heures recouvre le cadavre d'une couverture prélevée sur les genoux de sa belle-doche impotente en veillant à ce que chacun ait gravé en sa mémoire son geste humanitaire. Et moi, je palpe Félicie sous toutes les coutures, m'assurer de sa bien-portance. A part une ecchymose à la fesse qui jaunira dans les secrets de son alcôve, elle est indemne. Et pas du genre à pleurnicher sur ses bobos.

Je désigne la femme recroquevillée sur le pavé, dont l'une des Prada vermillon flotte en épave dans le caniveau.

– Que te voulait cette fille, maman ?

– Rien. Je rentrais des commissions. Elle m'a demandé si j'habitais ici, si j'étais bien la mère de San-Antonio. Je lui ai répondu que oui. Alors m'a posé une question tellement inattendue que j'ai éclaté de rire.

– Quelle question ?

– Elle souhaitait savoir si je comptais me rendre cet été aux Jeux olympiques d'Athènes. Saugrenu, non ?

6

Cible

IL avait garé la Volvo sur le parking d'un supermarché de la banlieue nord. Depuis quelque temps, IL avait mis au point un système de mise à feu à retardement d'un jerrycan d'essence placé sur la banquette arrière et dissimulé sous un fatras de tissus hautement inflammables. IL s'arrangeait toujours pour garer le véhicule volé à l'écart des places réservées aux handicapés et des voitures pourvues d'un siège de bébé, car IL se réclamait d'une certaine morale. L'autodafé automobile lui garantissait n'avoir laissé aucune empreinte, fût-elle génétique, dans le véhicule. L'usage de gants aujourd'hui ne suffit plus, une simple goutte de sperme, de salive ou de sueur est capable de vous dénoncer. Tueur n'a plus rien d'un job de pantouflard. Mais va faire valoir tes droits au métier à risques !

IL était sagement rentré par le métro, son fusil haute précision dispatché dans son linge sale à l'intérieur d'un sac de sport Adidas ou « ... » (si tu préfères une autre marque, complète le blanc, je n'émarge à aucun râtelier).

IL s'était aussitôt rendu à son club de tir où IL était noté comme un membre assidu mais de piètre habileté. S'appliquant à démontrer sa maladresse à ses collègues, IL passait même pour l'un des plus faiblards de tous les licenciés.

IL effectua au stand une longue série de tirs sur des cibles mouvantes représentant des formes humaines tantôt debout, tantôt agenouillées ou accroupies. C'étaient toujours les hanches ou les épaules qui morflaient, jamais la tête ni le cœur. IL acceptait les sarcasmes de ses compagnons, habitué depuis l'enfance à être rabaissé du fait de sa couleur de peau. Mais IL savait qu'en cas de pépin on le jurerait incapable de dégommer un bipède. C'était tout ce qui lui importait.

IL démonta son fusil, passa dans le canon un ustensile de sa confection qui rayait l'intérieur du fût de microscopiques striures rendant impossible l'identification des projectiles tirés au préalable.

Un vrai pro !

IL remisa l'arme dans son casier, referma le verrou à combinaison, prit une douche et retourna chez lui écouter la radio.

Vers 16 heures, juste après la météo de Thierry F. et avant les déconnades de Laurent R. et qu'on-sort, le journal d'Europe 1 fit l'ouverture sur un effroyable massacre en Turquie. Cela n'intéressait chez nous que de rares ressortissants chômeurs lisant dans le métro des journaux bourrés de cédilles sous les consonnes et de trémas sur les voyelles. On en vint à l'essentiel : l'étrange exécution d'une jeune femme à Saint-Cloud par un tireur d'élite.

Parfait !

Le moment était venu d'aller palper son dû. IL n'avait pas des goûts de luxe et son salaire suffisait largement à son train de vie. Mais les besoins de son peuple, le plus pauvre du monde occidental, étaient illimités.

Métis haïtien, IL avait vu ses parents se faire

massacrer dans les émeutes de 1986. Un bref moment IL avait cru que le père Aristide arriverait à redresser la situation de son pays. Depuis l'apparition des « chimères », ces dignes successeurs des « tontons macoutes » de Papa et Baby Doc Duvalier, IL avait perdu ses illusions et s'était lancé avec rage dans la lutte contre ce régime pire que les anciennes républiques bananières. Alors IL ramassait le maximum d'argent pour aider à la survie de l'opposition. Que lui importait une existence de plus ou de moins, quand l'espérance de vie de ses compatriotes était moitié moindre qu'en France ?

IL se rasa de frais, passa l'un des costumes de bonne coupe qu'il portait dans l'exercice de son véritable métier (expert en assurances) et s'en fut récupérer sa 607 anthracite métallisé dans une rue adjacente.

La circulation était si dense qu'IL lui fallut plus d'une heure, depuis Meudon, pour atteindre le parking souterrain de Saint-Germain-des-Prés.

Au quatrième sous-sol, IL repéra aussitôt la Clio vert pomme que lui avait indiquée son commanditaire. Une bagnole de mesquin qui a négocié une ristourne auprès du concessionnaire pour le débarrasser de ce nanar, songea-t-IL.

Grâce à son *testeur infrarouge à chaleur tournante*, IL s'assura qu'aucun être vivant n'occupait l'environnement, même dissimulé entre deux sièges ou à plat ventre sous un véhicule.

Puis IL souleva le coffre après avoir vérifié, à l'aide de son *fouinazeur auto-géré*, que nulle bombe n'avait été disposée pour en piéger l'ouverture.

Top impec !

Comme convenu, l'enveloppe majestueusement matelassée se trouvait à l'intérieur. IL l'éventra avec la satisfaction du devoir honnêtement rémunéré.

Désagréable surprise que de trouver à la place des euros escomptés des liasses de papier-toilette escortées d'une brève missive ainsi libellée :

La fille que tu as abattue à Saint-Cloud
était l'indice.
Toi, tu es la cible, Black Pudding !

Avant même que sa rogne ne prenne forme et volume, une balle de 9 millimètres (au bas mot), tirée depuis l'intérieur du coffiot, s'en vint entrouer la cage thoracique d'IL, pile à la place prioritaire réservée à ses oreillettes et à ses ventricules.

Un tueur à gages venait de subir la loi d'un tueur en série.

7

Équipe

Je crois t'y avoir furtivement allusé dans *Ça se corse !*[1] : j'ai renoncé une bonne fois à toutes mes prérogatives directoriales. Elles m'avaient été octroyées au fil des gouvernements par des politicards qui appréciaient mes services rendus et supputaient ceux que je pourrais encore leur rendre. En général, ils ne restaient en place que le temps de me promotionner et de me raconter combien la France sortirait grandie de notre étroite collaboration. Trois petits tours de langue et ils finissaient à l'ombre d'une cellule, d'un cimetière ou d'une mise en ballottage, dans le plus cruel des cas.

1. Chez Arthème F., octobre 2003.

Alors, j'ai dit basta !

San-Antonio sera et restera pour l'éternité de notre brève existence (la tienne comme la mienne, mon pote) un flic de terrain, un enquêteur de génie, mais de base, un commissaire de police, aimant à polir la peau lisse des polissonnes.

Ultime privilège, j'ai obtenu de réintégrer les bureaux que nous occupions quai des Orfèvres, dans le temps d'avant, avec ma fine équipe. J'y ai retrouvé mon ancienne table de travail. Bien sûr, le temps et la négligence en avaient grisaillé le bois, mais un coup d'huile de coude puis de lin lui a restitué son relent et sa patine.

Mes prédécesseurs avaient marqué leurs passages d'indélébiles empreintes administratives. Sabrauclerc, le nabot, avait fait rajouter un tiroir qui me râpait les genoux et que j'ai fait retirer ; Bitempate avait oublié une photo Polaroid jaunasse de sa femme en porte-jarretelles vomitif ; quant à Martin Sulline, celui qui est décédé d'un diabète foudroyant, il planquait des tablettes de chocolat au fond de chaque placard ; quand on farfouillait pour trouver un dossier, on ressortait avec les doigts d'un chef scout après une nuit de bivouac en compagnie de la patrouille des castors.

Maintenant tout est revenu comme avant. Sa Majesté Béru a repris position sous la lucarne par laquelle un tueur fou s'est jeté il n'y a pas longtemps au nœud et à la barbe de nos collègues. Je l'ai autorisé à disposer d'une glacière pour ses breuvages d'urgence et d'une plaque électrique pour assurer la saisie et le doré de ses inévitables andouillettes.

Vacataire puisque rejoint et même doublé par l'âge de la retraite, Pinuche ne dispose que d'un fauteuil Voltaire et d'une table basse en palissandre, mobilier personnel, survivance de sa splendeur passée.

A l'étage en dessous, Jérémie Blanc et mon fils Antoine ont aménagé l'ancienne salle des archives, laquelle jouxte le labo de haute technologie où Amélie-Mélanie règne en maîtresse avec la même rigueur scientifique que Mathias, son rouillé de père, aujourd'hui préposé à la repopulation des contrées subsahariennes.

Pour l'heure, tous sont réunis en mon burlingue, la mine affairée vu la gravité du propos : nous nous retrouvons avec deux macchabs pas banalaux sur les endosses. T'es déjà au parfum, toi qui as parfois la chance de savoir ce que j'ignore et souvent celle d'ignorer ce que je sais !

Jérémie porte un costard marron glacé assorti à son derme, une limouille presque aussi blanche que ses ratiches et une cravate de lin greige. Plus tendance, Antoine verse dans le style jean ample, deux chemises l'une sur l'autre et un Barbour bleu nuit. Son Amélie le bouffe carrément des yeux. Faudrait pas qu'elle surchauffe, la Mathias juniorette, because ses crins d'amadou risquent de jouer les cordeaux Bickford jusqu'à son réchaud.

Le bon Pinocchio, lui, a décroché ses vieilles frusques de l'antimite et repris ses allures d'épouvantail en fin de saison. Quant à Bérurier, je l'ai rarement aspergé aussi smart. Costard de croquemort craquelé vers la sous-ventrière, auréolé partout là où ça peut suinter, polo de lainage dans les camaïeux moutarde, mayonnaise, crème pâtissière, il a poussé la préciosité jusqu'à se raser une partie de la joue droite. S'étant tailladé avec son coupe-chou rouillé, il a renoncé à tondre la joue gauche. L'un de ses godillots bâille comme un croco affamé et laisse entrevoir un clavier d'orteils composé exclusivement de dièses et de bémols.

Il largue un pet badin pouvant signifier que la séance est ouverte.

– On commence par la fille de Saint-Cloud ! décidé-je. Que sait-on d'elle ?

Pinaud s'y colle. Il trifouille ses papelards, commence par nous lire les horaires de Saint-Lazare à Courbevoie, puis le numéro de sa carte Vermeil, une ordonnance de sa femme pour de la préparation H, son avis d'impôts locaux, l'affiche promotionnelle d'une ancienne foire aux vins et l'ébauche de son testament, avant de dégauchir ses notes.

– J'y suis, annonce-t-il en rajustant ses lorgnons. La malheureuse jeune femme abattue dans les bras de cette chère Félicie, qui est un peu notre mère à tous...

– Elle est plus jeune que toi, mamie ! raille mon Toinet.

– Erreur ! Elle est de mars, je lui dois donc le respect étant né natif d'avril de la même année.

– Allons, Pinuche, l'exhorte Jérémie Blanc,

montre-nous tes talents d'enquêteur, pas d'emmerdeur !

La Vieillasse se renfrogne, mais ses bouderies sont de courte durée, à l'instar de ses érections.

– Voilà ! Elle s'appelle Blanche Hawaal, née à Lille, d'origine mi-flamande, mi-picarde. Son grand-père maternel était ramasseur de palourdes dans la baie de Somme. Il labourait le sable des plages avec une charrue traînée par un lourd cheval aux pattes poilues. J'ai connu ça dans ma jeunesse...

– La fille ! laissé-je tomber d'un ton glacial.

Pinochet en revient à son rapport, s'efforçant à la concision, laquelle, vu la flétrissure de son prépuce, ne saurait être nommée Sir par Madame la Queen.

– Blanche Hawaal, vingt-cinq ans, demeurant 6 *ter*, impasse du Débarquement-des-Anglais, dans le 3e arrondissement. Elle travaillait depuis quelques mois à l'IMSUS, Institut médiamétrique de statistiques urbaines et sociales.

– Un organisme de sondage ? m'enquiers-je.

– Vouais ! confirme le Mastard. Genre Sa-Fesse, Zip-Sauce et compagnie.

– Alexandre veut parler de la Sofrès et d'Ipsos, corrige la Pine.

– J'avais rectifié. Donc, cette Blanche Hawaal était chargée d'effectuer un sondage sur la fréquentation des prochains JO d'Athènes. Elle s'est pointée chez nous et là, on l'a flinguée...

– Pas exactement, intervient mon fiston. Selon l'IMSUS, aucun sondage de cette nature est actuellement en cours, et Blanche travaillait sur un tout autre sujet. Elle enquêtait sur l'utilisation du préservatif chez les jeunes.

– En outre, ajoute Jérémie, mon Black-et-de-Cœur, Blanche n'a visité aucune autre maison à Saint-Cloud. Elle est venue poser une question précise à ta mère et à ta mère seule.

– Elle serait donc bien « l'Indice » dont parle le message trouvé près du cadavre dans le parking de Saint-Germain-des-Prés, cadavre lui-même désigné comme « la Cible ».

– Tout porte à le croire, San-A, admet le Débris majeur. On a chargé cette fille de t'alerter sur les prochains Jeux olympiques, puis on l'a fait abattre pour donner de l'ampleur à cette menace.

– Quelle menace ? Une menace terroriste ?

– La menace d'un dingue, plutôt ! s'exclame

Toinet. Il n'y a qu'à voir comment il a zigouillé le tueur à gages avec un système à déclenchement automatique. Un truc de barge, mais réglé au petit poil !

– C'était qui, exactement, ce flingueur flingué ?

– Athanase Ilénaz, un Haïtien. Sans antécédents judiciaires, expert auprès de plusieurs compagnies d'assurances. Un type apparemment sans histoires.

– On a la preuve formelle que c'est lui qui a buté Blanche Hawaal ?

– Non ! Et on ne l'aura jamais.

Ladies first, chacun se tait lorsque Amélie prend la parole. La superbe rouquine – bientôt ma future bru ? – dépose divers objets sur mon bureau. Elle me désigne un genre de rince-bouteilles de petit format.

– Ça, c'est un *goupillon au carbure de tungstène*. En le passant à l'intérieur du canon, il modifie les micro-rayures qui permettent en général d'établir une relation entre une balle et l'arme qui l'a tirée. Côté balistique, c'est cuit.

Elle fait voleter sa crinière incendiaire et me désigne différents accessoires qui m'ont l'air aussi utiles qu'une dent de requin dans la mâchoire d'une bonne pompeuse.

– *Testeur infrarouge à chaleur tournante, fouinazeur auto-géré* : du matériel de haut niveau mis au point par les services secrets israéliens à la fin des années quatre-vingt-dix. Tout indique que cet homme était un tueur professionnel.

– Quoique qu'anonyme, enchaîne mon fils, la lettre retrouvée constitue le seul lien entre ces deux meurtres. Quant à l'instigateur on ne sait rien de lui, sinon qu'il a voulu qu'on sache que Blanche était l'indice et Athanase la cible.

– Et qu'il tient les JO d'été dans son collimateur, ajouté-je. Bien, puisqu'on ignore tout de cet individu, rabattons-nous sur ses victimes, directes et indirectes. Pinaud et Jérémie, vous vous branchez sur Athanase Ilénaz. Je veux tout savoir de lui : son passé, sa famille, sa vie en métropole, son boulot d'expert, son club de tir et ses éventuels rapports avec les prochains jeux d'Athènes.

– Ça va, on connaît notre boulot, grommelle l'Égo des Savanes.

– La Grèce, rêvasse Pinochon, ça me rappelle quand j'ai retrouvé la tête de la *Victoire* de

Samothrace. Le Vieux n'a pas voulu que je divulgue ma découverte, pour pas casser l'image de la statue du Louvre. Elle est toujours sur ma cheminée, cette pauvre tronche, même que Béru lui a dessiné des moustaches et une mèche à la Hitler au feutre indélébile, un soir de libations. Je me rappelle que tu avais vidé trois bouteilles de beaujolais en attendant l'apéritif, Gros. Mon épouse avait préparé une choucroute garnie, mais tu picorais la charcuterie dans la cuisine, tant et si bien qu'au moment de passer à table il ne restait que du chou et quelques grains de genièvre. Tu te souviens, Alexandre, ta femme était offusquée de ne rien avoir à manger. Alors elle s'est rabattue sur le munster et la tarte aux myrtilles. Ça a failli dégénérer en pugilat. Privé de fromage et de dessert, tu as liquidé l'Harpic des cabinets en croyant que c'était du curaçao bleu. T'en tenais une sacrée, ce soir-là ! Il a fallu qu'on appelle les pompiers et tu as cassé la gueule au...

Jamais la laisser décoller dans ses évocations, la Baderne ! Tout de suite rabattre les volets et rendre le manche.

– Béru et moi-même, aussé-je le thon (excuse,

mes « h » sont mal inspirés), hallons enquêter sur Blanche Awaal et son hinstitut de sondage.

– C'est d'l'IMSUS que tu veux causer ? lance Obèse-moi-donc d'un ton énigmatique. Parc' qu' si tu voudrais tout savoir, j'ai d'jà quéqu'un dans la place.

– Accouche !

– Figure-toive qu'hier matin, moi z'et Berthe, on f'sait la graisse matinale a'ec p'tit dèje au pieu après une tringlée force douze : omelette aux lardons, saucisses fumées et flageolets, yaourt allégé pour la ligne, et beaujolais nouveau. Tout en briffant, j'raconte l'affaire à ma Baleine. Sitôt qu' j'lu cause que la môme butée marnait dans les sondages, vl'à qu'elle d'vient rouge écrevasse, ma Gravosse.

“Les sondages, v'la un métier pour moi ! qu'elle s'esclaffe. Pas plus tard que c'te noye, ent' deux cauchemars zérotiques, j'me disais que j'devrais m'mettre au turbin, faire quèque chose d'mes dix doigts aut' qu'des branlettes en t'attendant. Dans ma calbombe, j'cherchais un job de contac' z'humains où qu'on rest' pas l'cul assis sur une chaise. Un taf genre pute, en mieux respectab', quoi. J'ai pensé à r'présentante d'commerce, mais si je sais ach'ter, j'sais pas vendre ! Ou insistante sociable, mais les marmots j'ai davantage envie d'les baffer qu'leur faire des câlins. J'me perdais en confiture... Et pis tac, j'viens d'trouver : j'veux êt' sondeuse ! D'autant qu'avec la gonzesse qu'a été r'passée, ça fait une place de libre dans la corporation !"

Bigre Brother la boucle. Nous demeurons suspendus à l'écume de ses commissures.

– Et alors ? lâche notre doyen.

– Alors ? Ni une ni deux, B.B. s'est lavé l'pont, a enfilé sa minirobe moulante, celle qui laisse ent'voir la dentelle mauve d'ses bas-jarretières, et la v'là barrée. Vous m'croirez si vous voudrez, mais en moins d'vingt minutes dans l'burlingue du dirlo, elle était engagée à l'IMSUS !

Nous applaudissons la détermination de dame Berthe. Toinet mime dans le dos de son époux le mouvement du moulin à poivre en action.

– Non, mon gamin, dit Béru sans se retourner, elle l'a mêm' pas sucé ! Tout au bagout, elle s'l'est embobiné. Naturliche, elle va s'rencarder en loucedoc sur la p'tite Blanche et savoir si des fois, à l'IMSUS, on cacherait pas une merde-au-chat.

– Belle initiative, Gradub ! louangé-je. Alors à cheval, cow-boys ! Amélie et Toinet, vous, vous restez ici pour collecter et coordonner les infos. Ne surmenez quand même pas trop la paillasse... je parle de celle du labo, bien sûr.

Miss Mathias vote à mon fils un sourire coquin qui en raconte plus long que le kama-sutra sur ses aptitudes plumardières. Elle recouvre aussitôt son sérieux.

– Un truc me chiffonne, dit-elle en relisant une nouvelle fois le message ; pourquoi l'énigmatique assassin traite-t-il Athanase de « Black Pudding » ?

Jérémie soulève ses épaules de gorille à peine sorti des brumes et des frondaisons.

– Parce qu'il était nègre, ma cocotte. Tu as de la chance, toi, si on ne t'a jamais traitée de boudin blanc !

Pourquoi une petite clochette tintinnabule-t-elle aux frontières de mon inconscient ?

8

Plongeon

Dans le quartier Beaubourg, l'impasse du Débarquement-des-Anglais se trouve juste au début de la rue aux Ours. Il s'agit d'une étroite venelle peu fréquentée par le soleil. L'entrée du 6 *ter*, petite bâtisse récemment ravalée, est protégée par un digicode. Béru tente d'ouvrir la lourde en la secouant. Icelle lui résiste, ce qui n'est pas à son goût.

– Merde, c'est bouclarès. T'as le numéro de code ?

– Non. L'appartement de Blanche Hawaal n'a pas encore été visité par la police.

Inspiré, l'Infernal pianote sur le clavier.

– J'essaye le 69 OQ 69, des fois qu'le syndicaliste de la baraque aye un tantichouye d'humour.

Mais la folle cochère résiste toujours.

– Fait chier ! Qu'on l'veule ou non, l'progrès ça nous vérole l'èguezistence. N'auparavant, en bas de chaqu' immeub' vivait une gardienne, parigote véridic' qu'avait pas sa menteuse dans la poche. Pour les infos du quartier, un petit coup de quinquina ou une turlute rapide sous l'escadrin, z'étaient inégalab', les pipelettes. Au furet d'la mesure, on les a remplacées par des Portugaises qui causaient pas la langue, puis par des digicrades qui sucent carrément plus ! Te dire la déchéance d'not' décrépitude.

Rageur, il prend du recul et bande son poitrail, façon Hulk s'apprêtant à faire exploser son costard.

– J'vas leur faire r'gretter les bonnes concierges d'antan, moi !

Je le retiens in extremis avant l'assaut final car une jeune femme rapplique, poussant une voiture d'enfant. Elle s'arrête devant la porte du 6 *ter* et nous considère avec une surprise teintée d'inquiétude.

– Il y a un problème ? questionne-t-elle, témoignant d'un accent que la brièveté de la phrasc nc mc permet pas d'identifier, comme l'écrivait si joliment Sophie, comtesse de Ségur, née Grosschopine.

Moins sublime que la fille au landau, tu as la Joconde question sourire, Michèle Morgan pour le bleuté des yeux, Bernadette Chirac rapport à l'élégance et Monica Belluci qui est pourtant gaulée princesse. Élancée, racée, le cheveu châtain clair taillé court, la peau éclaboussée de miel, elle ferait goder la statue équestre de Louis XIV, à commencer par le bourrin. Et encore, je n'ai pas bien vu les trésors qu'elle planque sous son imperméable noir.

– No problem ! lui disé-je-tu en dégainant mon label de poulet. On souhaite simplement que vous nous ouvriez la porte.

– Je vois, vous venez à cause de Blanche ?

– Vous êtes au courant de sa mort ?

– On ne parle que de ça, dans le quartier. Quelle horreur...

Elle compose le code ; un clic se fait entendre. Béru écarte la lourde, efface sa bedaine pour laisser passer la poussette. Émoustillé par la maman, il se penche sur le lardon.

– Qu'il est mignon...

Sa bouille d'hippopotame se plisse en découvrant un bébé tout noir.

– V'z'êtes sa nounou ? demande-t-il.

– Sa mère, corrige la môme.

– Y doit r'sembler à son père, pronostique l'Enflure.

– Sans doute. Je suis sa mère adoptive.

– C't'un beau geste ! Moi z'et Berthe, on a déjà pensé à recueillir un p'tit macaque ou un niakoué, mais on a d'jà un clébard. Il s'appelle Salami, il est nabot su' ses pattes mais pas manchot de la gamberge. C'est mon chef ici présent qui nous l'a fourgué. N'en tout cas, v'z'avez bien fait d'adopter un gamin préfabriqué ! Y en a tellement qui restent su'l'carreau qu'ça vaut pas la peine d'les pondre soi-même.

– Je ne peux pas avoir d'enfants ! dit sèchement la jeune femme en parquant son landau sous l'auvent d'une courette.

Elle prend le mouflet dans les bras et presse sur le bouton d'appel de l'ascenseur.

Nous débarquons sur le palier du second. Deux portes donnent sur le corridor.

– Voilà : Blanche habitait à droite. Moi

j'occupe l'appartement de gauche. Elle va me manquer, vous savez... je l'aimais beaucoup.

J'attends qu'elle intègre son logement avant de dégainer mon sésame. Fine mouche, elle présume notre embarras : si nous ignorions le code d'entrée, comment aurions-nous accès chez sa voisine ?

Elle ouvre son sac et me tend une clé plate.

– Si ça peut vous être utile. Elle me l'avait confiée au cas où elle perdrait la sienne, car elle était très tête en l'air.

– Surtout maintenant ! ricane le Mastard, évoquant l'écervelage de cette pauvre Blanche.

Il m'arrache la chiave des pognes et entreprend la serrure.

– Quel est votre prénom ? demandé-je à la fille de ma voix mouillée de baryton issue direct de la station Bourses sans passer par Opéra.

– Dorota.

– Merci, Dorota.

– *Nie ma za co !* (Pas de quoi !)

– Dorota, *nie ma za co* ? Vous êtes polonaise ?

– A moitié.

– Votre beauté, elle, est bien entière.

– Vous parlez polonais ?

– Quelques mots. J'ai bien connu l'une de vos compatriotes.

– Vous aimez les Polonaises ?

– J'aime les femmes et Chopin. Concluez vous-même.

On en serait déjà à la bibliothèque rose bonbons – je mets un « s » à bonbons parce que le pluriel commence à deux – si le gars Béru ne manifestait son interloquence :

– Z'êtes sûre qu'c'est la bonne clé ?

– Certaine.

– Alors la serrure est z'ouverte, mais la porte reste closède !

En flicard expérimenté, il cesse de triturer le pêne[1] et biffe sa bouche, qui en a vu d'autres, de son index, qui a connu pire.

– Il existe un verrou ? supputé-je.

– Oui, répond Dorota, mais on ne peut le fermer que de l'intérieur. Il y aurait quelqu'un chez Blanche ?

Si oncques n'as vu fleurir un flingue entre mes doigts, tu ignores tout de la véritable magie. La

1. Non, rien à rajouter.

mi-polka sursaute devant la fulgurescence de mon geste.

– Pas de panique ! Les fenêtres de ces appartements donnent sur la cour ?

– Les chambres et les salles de bains. Les livings sont sur la rue.

Je l'invite à gagner ses pénates en silence et à s'enfermer avec son fils dans une pièce sans croisée, les gogues seuls répondant à ce cahier à décharges.

– Béru, tu comptes tes cinq doigts et tu tambourines à la porte en gueulant !

– Et si qu'on n'ouvre pas ?

– Tu fais comme si la lourde n'avait jamais existé.

J'entre chez Dorota, trottine jusqu'à la piaule encombrée de joujoux. J'ouvre la fenêtre et me positionne à cheval sur la barre d'appui. Les vitupérations d'Alexandre-le-Gland me parviennent, un rien atténuées par des cloisons qui ne doivent guère vous épargner les orgasmes de proximité.

– Police, nom de Dieu d'une pute ! Ouvrez ou qu'je défonce la cagna !

Presque aussitôt, un grand type affublé d'un bonnet de skieur paraît à la fenêtre voisine, un sac-poubelle jeté sur l'épaule. Il se retrouve face au mufle de mon calibre.

– Pas par ici ! lui lancé-je, guilleret en diable.

Il rebrousse presto chemin dans l'appartement. Barouf, tohu-bohu, ramdam, charivari... je vois réapparaître le gus, de dos cette fois, balayé par un bison en furie. Il pousse un hurlement en basculant dans le vide. Béru tente de freiner son propre élan, mais va enrayer la charge d'un mammouth ! Je le vois avec horreur plonger à son tour dans l'abîme.

Un étage plus bas, une verrière explose sous l'impact des deux corps qui disparaissent dans une pluie de verre fracassé.

Le cœur à la débandade, je bondis sur le palier, crie à Dorota d'appeler le SAMU. Méprisant le descenseur, j'enquille la rampe et la dévale façon prince Albert en bobsleigh, hormis que j'ai personne pour me pousser au cul, que les frictions sur la raie médiane agrémentent peu ma sexualité et que je restitue la boule d'escalier dans l'état où vous l'avez trouvée en arrivant.

Je me prends les pieds dans le landau de Dorota et trébuche jusqu'à un amoncellement de poubelles en plastique éventrées.

Inch Allah ! comme on dit à la laïque – ce qui n'est pas plus con qu'« Ô mon Dieu », sauf que ça fait onduler le voile, Sa Majesté ailée se débat dans un amas d'immondices en poussant des grognements de cochon truffier.

Béru s'ébroue, magistral, phénoménal, inénarrable, et pourtant ça vaut le coup d'essayer de le narrer tant le tableau est unique et mon talent immense. N'importe qui perdrait de sa superbe, le cul dans les poubelles : pas l'Énaurme.

Il semble être entré en osmose totale avec le milieu dans lequel il patauge. Le cher Arcimboldo en verdirait de rage. La Gonfle est coiffée d'un délicat mélange de spaghettis et de filaments de choucroute, le tout surmonté d'une tomate déconfite très nouvelle cuisine. Un préservatif manifestement garni pend à son oreille droite tandis que la gauche s'orne d'un joli brin de persil.

– Tu es vivant, Grosse Pomme ? jubilé-je.

Il tourne vers moi un groin décoré d'épluchures de patates, de carottes et de poireaux. Le squelette d'un cabillaud lui tient lieu de cravate. Une tranche de rosette orne la boutonnière de son veston maculé de taches en tout genre.

Difficile pour un œil non averti de distinguer les nouvelles des anciennes. Sauce tomate, purée, huile de vidange, vinasse, chocolat fondu : un vrai panier garni que seul Jean-Luc Petitrenaud parviendrait à bruiter : tchou, tchou, glouglouglou, pouf tchiaf !

– Sans c'te vitraille, les fils d'étendage et les ordures ménagées, j'me s'rais écrasé comme une merde !

Je l'aide à refaire grande surface.

– Ça va ?

– Impec ! N'à part quèques entaillures sur mon beau costard neuf ach'té sur mesure chez John Rampal, l'espécialiste des hommes balèzes, ça baigne. J'me pensais pas capab' d'triompher du complesque d'Bigard.

– D'Icare ?

– Si tu veux, on va pas chipolater.

Il s'ébroue, évacue les scories qui se sont agglutinées sur sa personne telles des berniques à un rocher battu par les flots.

– Où c'qu'il est, l'aut' ?

Un vagissement réplique à son interrogation. En farfouillant les détritus, nous débusquons notre voleur volant gisant sous un tapis d'ordures puantes et trébuchantes.

– J'ai les jambes brisées, vagit-il. Je ne peux plus bouger. C'est le gros con qui m'a écrasé. Sans lui, je m'en sortais indemne. J'ai fait du judo, je sais tomber.

Je me penche sur lui, lui caresse le front. Il me semble plutôt frais et son regard est vif. Je lui accorde une bonne chance de survie.

– Une ambulance va arriver, l'encouragé-je, ne remuez pas, tout va bien se passer. Que faisiez-vous chez Blanche Hawaal ?

– Chez qui ?

– La fille dont vous visitiez l'appartement.

– Mon métier : je suis cambrioleur professionnel. Mais tout dans la douceur, hein : jamais de menaces, jamais de violences.

– Gardez vos arguments pour le jury. Nous, on vous a piqué en flag dans l'appartement d'une jeune femme assassinée. On veut savoir ce que vous foutiez là.

Le type tente de redresser le buste, mais ce simple mouvement lui arrache un cri.

– Haaa ! Ouillllle ! Je vous l'ai dit, je cambriolais. Par la feuille de chou du quartier, j'ai appris que cette fille était morte, alors j'ai rappliqué. C'est mon truc de passer chez les trépassés avant les héritiers. Je les fais marron, ces blancs-becs, ils ne méritent souvent pas autre chose.

– Ne vous prenez quand même pas pour l'abbé Pierre !

Compatissant, Béru vient s'asseoir auprès de lui.

– Pourquoi t'as ouvert la porte n'au moment pile où qu'j'allais la défoncer ?

– Je voulais me rendre. Mes petits larcins, ça ne va jamais chercher que quelques semaines de mitard.

– Pas de pot ! Quand j'sus lancé, faut du béton pour m'arrêter. (Béru marque un temps.) Non, mais j'rêve !

Il extrait des décombres une boîte de conserve à peine entamée.

– Du cassoulet ! Ces porcs ont j'té la boîte sans même l'avoir finite ! Et du William Saurin, n'en pluss, la marque de l'élytre !

Il ouvre large sa goule et y déverse le contenu de la canette. Quelques haricots gluants de sauce tomate tentent de s'évader sur son menton. Il les rattrape avant que les fayots n'aient conquis leur liberté. Une saucisse et un morceau de lard fugueurs sont tout aussi vite repris et réincarcérés.

– C'est encore meilleur froid et un peu faisandé, l'cassoulet, on sent mieux la graisse d'oie.

L'as de la cambriole ne peut réprimer un rictus qui le tiraille où ça fait mal.

– Il est incroyable, votre inspecteur. Dommage que ce soit un poulet, ça doit faire un chouette pote.

– A qui le dis-tu, entériné-je. Et alors, tu as piqué quoi, là-haut ?

– Rien. J'ai tout laissé sur place. C'est raté, c'est raté. Je connaîtrai des jours plus fastes.

– Si tu r'trouves tes guiboles ! tempère perfidement le Défonceur des causes perdues en lui claquant la joue avec une sympathique rudesse.

Une éclipse de détresse vient voiler le regard du malfrat (pardon de piller vos plates-bandes, chère Janine Boissard). Pour la première fois, je l'observe vraiment : c'est un gamin. Rien sur son visage ne dénonce le voleur à la petite semaine qu'il prétend être. Il affiche le faciès séduisant et rebelle de Brad Pitt, un œil de boudeur embrumé à la Johnny Depp.

Au loin, la sirène du SAMU se fait pressantissime. Un indéfinissable sourire plisse les lèvres du blessé. Je ne suis pas certain que l'approche des secours soit le motif de son soulagement.

– Tu as l'air content de te faire gauler ? lui chuchoté-je à l'oreille.

– Je souffre. Je n'aspire qu'à un bon lit, à des médicaments, à une anesthésie, à l'oubli.

Les urgentistes radinent avec civière gonflable, goutte-à-goutte, masque à oxygène. Je leur brosse le tableau de l'accident. Il faut en priorité s'occuper du truand, mais ne pas négliger un examen complet de mon adjoint qui a accompli la même cascade avec vingt-cinq ans et cinquante kilos en rab.

– Comment t'appelles-tu ? demandé-je au môme avant qu'on ne l'évacue.

– Marcello.

– Marcello comment ?

– Je crains d'avoir oublié. La chute, sans doute.

– Tu as des fafs sur toi ?

Il s'efforce à sourire.

– Je vous l'ai dit : je suis un pro. Jamais de papiers.

Il n'a pas su réprimer un petite crispation de son bras gauche contre son poitrail.

Je plonge la main sous son aisselle et dégauchis une enveloppe pliée en deux. Elle renferme une liasse de mille euros en billets de cent.

– C'est quoi, ça ?

– Mes économies...

– Piquées chez Blanche Hawaal ?

– J'aurai du mal à vous convaincre du contraire.

Je défroisse l'enveloppe et lis son libellé. Les nom et adresse ont été composés grâce à un collage de lettres découpées dans un magazine. Je te livre ce texte in extenso et dans les mêmes caractères, mais sans la couleur à laquelle je n'ai pas droit, simple auteur de romans populaires que je demeure :

SAN ANTONIO
7 rue des ANGE**s**
92210 Saint C**lou***d*
J.O. *d'*ATHÈNES

Encore un qui a oublié le trait d'union entre San et Antonio, pauvre de lui ! Le tiret de San-Antonio, c'est ma marque déposée, qu'on se le dise, bordel !

9

Photo

Dorota m'attend sur le palier. Ses cheveux ruissellent sur son peignoir de bain du même ciel que ses yeux.

– On dit qu'ils sont vivants ?

– Un miracle. Et votre bébé ?

– Mon bout de zan s'est endormi. J'en ai profité pour prendre une douche.

Elle avise l'appartement dévasté de Blanche Hawaal.

– Voulez-vous que je vous aide à ranger un peu ?

– Les flics ne rangent pas, ils dérangent. Mais votre concours me sera précieux.

– *Dziekuje* (merci).

– *Prosze* (je vous en prie).

Mis à part les menus dégâts occasionnés par l'éléphantesque ruée béruréenne, le local a été fouillé avec méthode. Chaque tiroir a été ouvert et vidé, les tableaux et miroirs déposés et désossés, le matelas éventré, les coussins déplumés, la table et les chaises retournées, la kitchenette passée au crible.

– Quel saccage ! se désole Dorota.

Au milieu du salon, le prétendu Marcello a abandonné le sac-poubelle avec lequel il comptait se faire la belle. A l'intérieur, je ne déniche qu'un grille-pain, quelques CD et une pendulette plutôt kitsch.

– Qu'est-ce qu'il cherchait exactement ? s'interroge Dorota. Regardez, il n'a pas pris ses bijoux, ni le petit dessin de Degas que lui avait offert son patron.

J'observe l'œuvre avec intérêt. Elle représente une jeune ballerine à la barre se faisant craquer le bigorneau dans un impressionnant grand écart. Ce n'est certes qu'un pastel de petit format, mais griffé du grand Edgar, ce tableautin vaut son pesant d'euros.

– Blanche était très liée au boss de l'IMSUS ?

– Elle était sa maîtresse. Vous avez jeté un

œil à sa penderie, à ses chaussures ? Que des grandes marques !

– Elle vous faisait des confidences ?

– Des allusions. Ce type en était fou et rien n'était trop beau pour elle. Il voulait l'installer dans un appartement plus cossu. Moi, j'étais ravie de la voir échapper à la médiocrité.

– Blanche aimait l'argent ?

– Elle s'y habituait. Qui ne s'habituerait au bien-être ? Moi-même, je travaille dur pour donner une vie décente à mon petit Basile. Un seul jour de congé par semaine – c'est aujourd'hui – et jamais de week-end. L'agence de voyages qui m'emploie est ouverte les samedi et dimanche. Forcément, dans le quartier de l'Opéra, il faut être disponible pour les touristes...

Je sors l'enveloppe de Marcello et la lui montre.

– J'ai prélevé ça dans la poche du cambrioleur. Dedans, il y a mille euros.

– Je suis au courant, elle m'en avait parlé. Un homme a téléphoné au bureau de Blanche et lui a proposé cette somme juste pour aller poser une question à quelqu'un. Ça ne se refuse pas. Elle a trouvé l'enveloppe dans sa boîte aux lettres le lendemain matin. C'était ce fric que cherchait le voleur ?

– Je ne crois pas. L'ayant découvert, il n'aurait pas pris la peine d'entasser des ringarderies dans un sac-poubelle pour les emporter. Ou il aurait dérobé aussi les bijoux et le tableau. Il cherchait autre chose. Il a pris l'argent parce que le cash, ça ne se refuse pas. Mais il n'est pas le monte-en-l'air professionnel qu'il prétend être.

J'écarte le sac-poubelle et en tire le grille-pain. Il s'agit d'un modèle de base à trois francs six sous.

– Pourquoi embarquait-il le toasteur de Blanche ? demandé-je à Dorota.

– Ce n'était pas à elle. Au petit déjeuner, Blanche avalait un Actimel, une tasse de thé sans sucre et une pomme avec la peau. Jamais de pain ni de beurre.

Je lui déballe les CD :

– P. Diddy, Jay Z, Eminem, Passi, les rappeurs à la mode, c'était son choix ?

– Certainement pas. Elle n'écoutait que de la grande musique. Voyez son classeur de disques :

le *best of* de Placido Domingo, *Turandot*, l'intégrale de Debussy, Chostakovitch...

– Et cette petite pendule ?

Je triture le mécanisme pour déclencher la sonnerie d'éveil. Un tututut à répétition se fait entendre. Dorota hoche la tête.

– Depuis quelque temps, j'entends parfois ce petit signal, en général très tôt le matin. Nos chambres sont contiguës et les cloisons fragiles.

– Depuis quand exactement ?

La belle Polonaise paraît gênée. Je la devine hésitante.

– Allons, dites-moi la vérité. Votre amie a été assassinée, plus rien ne peut lui nuire.

– Vous avez raison. Blanche avait un amant. Je l'ai découvert le mois dernier. Une nuit, je me suis réveillée. Blanche gémissait. J'ai pensé qu'elle se caressait, mais j'ai entendu presque aussitôt un homme grogner de plaisir. Il y a eu des bruits de lavabo et puis le type est sorti à pas feutrés de l'appartement. J'ai pris position devant le judas de ma porte, pensant apercevoir enfin son patron. Mais j'ai vu sortir un homme jeune qui ne correspondait pas du tout à la description qu'elle m'avait faite de son boss.

« Blanche ne m'a parlé de rien. Certaines nuits, ce garçon lui rendait visite. Ils faisaient l'amour et puis il repartait au petit jour, aussi discrètement qu'il était venu.

La pendulette réémettant de manière lancinante sa sonnerie toutes les quinze secondes, j'essaie de l'arrêter, mais tu connais mon peu d'aptitude à la bricole. A force de la bidouiller, j'ouvre le réceptacle à piles. Les deux R6AA sont éjectées sous l'impulsion de leurs ressorts. Le bruit cesse. Et je découvre une petite photo d'identité glissée sous les mini-batteries.

Le portrait est celui de Marcello.

– C'était lui, l'amant de la nuit ? demandé-je à Dorota.

– En effet.

– Voilà ce qu'il cherchait : sa photo que Blanche avait dissimulée à l'intérieur de son réveil. Il essayait de récupérer tout ce qui lui appartenait et qui pouvait dénoncer ses rapports avec la victime. Ce garçon prétend s'appeler Marcello.

– Faux ! rectifie Dorota. Il s'appelle Yann. J'ai entendu ma voisine soupirer son prénom durant leurs ébats.

Dorota s'assoit sur le canapé, rajuste son peignoir qui tente de s'évaser.

– Vous pensez qu'il l'a tuée ? dit-elle en m'obligeant à m'asseoir à ses côtés.

– Non. On connaît l'assassin de Blanche : c'est un tueur à gages.

– Ou qu'il aurait commandité son exécution ?

– Rien n'est impossible.

– Mais pourquoi aurait-il fait ça ?

– Peut-être sans raison si nous avons affaire à un psychopathe.

Dorota frissonne et m'attire contre elle.

– J'ai peur des anormaux. Quand j'étais gamine, à Wroclaw, en début d'année, à l'école, on nous demandait ce qu'on aimerait faire plus tard dans la vie. L'un des élèves, Piotr, un grand rouquin maigre, a déclaré qu'il voulait être équarrisseur quand il serait grand. Presque chaque jour, il dépeçait un rat, un chat crevé ou un chien écrasé. Moi, j'étais certaine qu'il sacrifiait lui-même ces animaux pour pouvoir les disséquer. J'en ai parlé à ma mère et à mes instituteurs. Tous pensaient que je fantasmais. Un matin d'hiver, au fond de la classe, on a retrouvé Piotr dans une mare de sang coagulé. Il s'était éventré, puis tranché la gorge. Je n'oublierai jamais la coloration rose orangé, presque appétissante, de la graisse humaine.

Dorota se blottit davantage au creux de mon épaule. Le parfum de son corps nu sous les bouclettes-éponges du peignoir me chavire. Nos bouches s'emmêlent avec une sauvage voracité.

– Non ! s'écrie-t-elle en me repoussant. Non ! Il ne faut pas... J'ai juré de consacrer ma vie à Basile, de ne laisser aucune autre passion lui dérober mon amour.

Respectueux des désirs et des ratas de mes conquêtes, surtout quand elles sont aussi jeunettes que Dorota, je me relève et quitte le canapé. Seulement voilà qu'elle me rattrape par la taille, dégringole ma glissière, m'extrait Paulo (Couillo de son vrai nom) en un tournemain et l'engame jusqu'à la peau des roustons. Tue-Dieu, je sens mon capuchon naviguer aux confins de ses amygdales. Je me penche sur elle, caresse ses cheveux drus, sa nuque, ses épaules fermes et gracieuses. Je l'aide à évacuer sa tenue de bain. Dans le même tempo, elle fait chuter mon pantalon, puis égrappe les boutons de ma chemise. Ce charmant ballet nous ayant dénudés, j'oblige

Dorota à se redresser jusqu'à ce que ses lèvres viennent à hauteur des miennes. Liberté recouvrée, mon goupillon, plus raide qu'une sentence chiite, se presse contre son sexe frémissant. Mes mains s'affolent autour de ses hanches, de ses fesses musclées. Ma bouche gobe sa bouche, dévore son cou, vient titiller les pointes de ses seins, coulisse avec la volupté d'un escargot sous l'averse tout au long de son ventre, fait escale dans la niche du nombril, puis se jette, féroce, dans la tiède jachère de ses Hauts-de-Cuisses. (Cherche pas, c'est un nouveau département.)

Je ne m'attarde guère en prémices, la langue diplomatique devant céder le pas lorsque l'artilleur veut prendre position.

J'allonge Dorota sur la canapé de Blanche et la prend avec une fougue magistrale (en latin *fuga magister*). Je t'épargne les détails pour pas te démoraliser, toi dont les coïts se retrouvent interruptus au moindre cillement de mouche. Mais sache qu'elle s'est alignée trois pieds bien panés dans la foulée et qu'au moment où je vais larguer le ballast, on me tapote m'épaule. Un livreur boutonneux me demande où il doit déposer la couronne mortuaire : « A Blanche, ses collègues de l'IMSUS. » Je décule et lui braque une patère susceptible de supporter pareille charge.

Il s'en repart chanceux de ne pas s'être fait amidonné le faux-col et croise, ce faisant, la voisine du troisième venue prévenir Dorota que son gentil Basile (de cloque) pleure à chaude lance.

Ajoute que le portable grésille dans mon bénouze tire-bouchonné sur la moquette et t'admettras que Dorota et moi, on mérite de se représenter en deuxième semaine, non ?

Au bigophone, c'est Son Altesse graillonnissime qui me hèle depuis l'hosto.

– Faut qu'tu rappliques, Tonio, et fissa, vu qu'j'sus au bord du trépas !

10

Radio

Boudiné dans une chemise d'hôpital douze fois trop étroite pour lui, Béru ressemble à un rôti de veau gonflé au gaz de ville. Assis sur le tabouret d'une piaule d'hospitalisation de jour, mon Alexandre laisse baller ses bras. Son congre de calbute offre une cinquième jambe à son siège. Il lui flanque une pichenette désabusée.

– Toutes des salopes, les infirmières ! Elles s'sont relayées pour v'nir mater l'molosse, l'mesurer, l'os-culeter, l'photographier. N'a forc' de m'l'tirlipoter, la p'tite Viêt qu't'as pt'être aperçusse en arrivant m'a filé une gaule d'Obélix. A'ec un mètre d'couturière elle a déterminé mes menstruations : 43,7 cm de long et 21,4 de conférence. Je croye bien qu'la bestiole a encore grossi.

– Voilà une bonne nouvelle. Songe à tous les mecs qui te rachèteraient le tiers de ta biroute pour jouer les cadors au plumard !

– P't'êt ben, ouais. N'empêche qu'y en a pas z'une qu'a voulu m'finir. La méd'cine, c'est bien joli, mais un peu d'humanité ferait pas de mal !

Une sourde rogne m'empare abruptement.

– Ho ! C'est pas pour me raconter la non-vidange de tes balloches que tu m'as arraché à une partie de jambes en l'air, quand même ?

Le Mastard craque une louise monocorde qui n'est pas sans rappeler les lamentations du lamantin au crépuscule dans l'estuaire du Congo.

– Bien sûr que non. Au prochain tirage de mes burettes le gros lot sera doublé, et en liquide ! C'est d'ma prop' santé que j'm'affole. Cette chute m'a déglingué !

– Des problèmes de vertèbres cervicales ? m'inquiété-je.

– Pire que ça ! En tombant du deuxième, j'ai attrapé d'l'attention matérielle : 20/12 de pression, paraît qu'c'est pas autorisé par Michelin. Et pis j'ai chopé un trio de glycérines, du collège-stérol et même des gamma GTI. Faut qu'je change mes plaquettes, j'ai du sucr' dans la bête, d'l'acide uranus... La totale, quoi ! Mais ça s'passera pas comme ça ! C't'un accident du travail, tu comprends ? Avant tous ces ezamens, j'me portais comme un charmant ! Une fois, y a une quinzaine d'années, un toubib voulait m'faire des prises de sang, de pisse, de merde, de sueur et de foutre. J'y ai fait cadeau d'mon slip et tout a été dit !

Je rafle le rapport du labo sur un coin de paillasse et le parcours en diagonale.

– Tout ça n'a rien à voir avec ton accident de fenêtre, Gros. Que ta biochimie ne soit pas blanc-bleu, on pouvait l'imaginer. Suffit que tu arrêtes de picoler, que tu bouffes moins, et ça s'arrangera.

Il éclate en un formidable sanglot.

– J'te reconnais plus, Tonio ! Tu viens jusqu'à l'hosto pour m'incitationner au suicide? Pourquoi voudrais-tu qu'je vivasse si c'est pour m'priver d'tout ? N'à partir du moment où ça péclote, j'préfère tirer ma référence et prend' ma retraite au cimetière de Saint-Locdu-le-Vieux. J'oserai pus jamais m'montrer chez mes bistros zhabituels.

T'm'imagines, commandant un Vichy-fraise ou un quart Vittel ? Pour l'coup, la honte m'tuerait pour de bon. J's'rais z'obligé d'les contourner, les rades. Tu m'voyes, passant d'vant un troquet sans m'arrêter ? On m'prendrait pour un crâneur, un mec qu'la réussite sociable lui a chaviré l'mental ! Non, va falloir qu'j'allasse m'taper un Caca-Cola et briffer un big-mac-intosh chez King-Kong Burger. Rien qu'd'y penser, ça m'flanque l'moral en dessous du niveau d'l'amertume, moi, qu'j'vais voter Rosé Bovine aux prochaines érections !

« Plus pouvoir écluser, c'est pire qu'de claquer d'une maladie honteuse ! Et tu sais pourquoi ? Parce qu'on te plaint ! J'veux bien qu'on m'traîte d'grosse merde, d'poivrot, d'enculé d'poulet, de cocu professionnel, mais pas qu'on pleurniche sur mon saure ! Moi, j'm'ai jamais apitoyé sur un misérab', un malade ou un moribond, bicoze j'sus pas responsab' d'sa débine. L'idée qu'j'purée faire pitié à quéqu'un m'est insupportable ! J'vais êt' la frisée d'tout mon caveau d'famille, vu qu'chez les Bérurier, quand on meurt, c'est en bonne santé !

Devant une détresse aussi profonde, j'estime

opportun de faire machine arrière. J'agite le papelard comme un éventail.

– Dis-moi, Alexandre, comment peux-tu avoir des résultats d'analyses aussi rapidement ?

– T'enfile ton indesque dans un trou large comme une chaglatte mais sans poil autour, m'explique-t-il. Ça te suçote, ça te picote et dix minutes pus tard un ordurateur t'crache le paquet-cadeau. Paraît qu'c'est une nouvelle bécane japonaise...

– Japonaise ? Ah ben voilà ! m'extasié-je. Tout s'explique. Le Nippons pèsent trois fois moins que toi, leur masse sanguine est le tiers de la tienne. Tu divises tous tes résultats par trois et ça baigne ! Exemple : tu as 6 grammes de cholestérol, le tiers fait 2 grammes, tu te situes donc dans la limite supérieure de la normale !

– Et tout est à lavement ?

– Pareil pour les gamma GT...

– T'es sûr que 528 divisé par 3, ça fait moins de 40 ?

– A peu de chose près. Allez, rhabille-toi. Tu es guéri.

Il enfile son pantalon, songeur.

– Quand même, faut êt' raisonnab' : j'prendrai qu'trois apéros, c'soir.

Nous arpentons le couloir en direction du service de traumatologie dans lequel Marcello (ou Yann) a été admis. Une infirmière créole s'esclaffe en apercevant le Mastard.

– Ah, voilà Monsieur Gros Mangala !

– On s'connaît ? grommelle Béru.

– Les photos numériques, ça circule vite ! Je crois bien que vous battez mon cousin Désiré.

– Dans quelle chambre se trouve le blessé ? tranché-je, un tantinet agacé.

– Lequel ? rigole la nurse. Des blessés, y a que ça, ici.

– Je parle du défenestré.

– Celui qui plonge dans les poubelles ? Il n'est pas remonté. Sans doute encore à la radio.

– Quel étage ?

– Au sous-sol.

Un coup d'Otis plus tard, nous déboulons dans une salle d'attente bondée de plâtreux et de béquillards. Une aide-soignante moins affable qu'un loup de La Fontaine nous aboie de faire la queue comme tout le monde. Je lui assure que son aigrette au menton lui sied à ravir, que son haleine au roquefort me chavire, et la somme de m'appeler le chef du service.

La revêche me conseille d'aller me faire cuire un œuf et assure que tout flic que je sois, je n'ai pas plus d'autorité ici que les étrons qui flottent dans les chiottes voisines.

Par bonheur, une infirmière gradée vient à notre rescousse. Je lui demande des nouvelles de Marcello-Yann.

– Il a passé sa radio, explique-t-elle. Mais, le temps de développer les clichés, il s'était rhabillé et avait disparu. Rassurez-vous : il n'a aucune fracture.

11

Sondage

J'admire le tableau de Degas accroché derrière le dirlo de l'IMSUS. Je suis sûr que tu as déjà aspergé ce chef-d'œuvre au musée Audemart-Jacquouille ou dans le catalogue raisonné d'Herbert Van de Krutt. Il est intitulé *Coulisses*. On y voit des petits rats musqués de l'Opéra en train d'enfiler leur tutu. En quelques touches de couleurs, ce peintre t'invite à hisser les tiennes.

– Décidément, vous êtes un amateur de Degas, apprécié-je.

– Pourquoi « décidément » ? rétorque le patron de l'institut. L'achat d'une œuvre ne relève pas de la décision, mais de la passion.

Il lisse une chevelure aussi bien argentée que son compte en banque. Ce type me pue au nez comme la dernière émanation de mon Béru cascadeur.

– Qu'aimez-vous au juste, chez Degas, monsieur Jeffroy ? demandé-je. La danse ou les petites filles ? Parce que, dans ce cas-là, je vous recommanderais plutôt Balthus. Il a davantage fait pour la pédophilie que toute la Grèce antique.

Ce zigue, c'est visible à l'œil nu et même à l'ONU, ne supporte pas qu'on se paie une tranche de sa fiole. Ses ongles raclent son sous-main de croco. Pas besoin d'être professeur Souma pour deviner qu'il me laboure mentalement la gueule. Histoire de se décontracter, il pousse vers moi une boîte à cigares pouvant servir un jour de cercueil à Mimie Mathy.

– Un Monte-Cristo ? me propose-t-il.

– Non, merci.

Il propose alors l'humidificateur à Béru. Le goinfrissime y engouffre ses deux paluches et opère une razzia sur Cuba.

– Merci, m'sieur l'pédégé, j'ai plein d'potes qu'ça f'ra plaisir à Noël un p'tit souv'nir d'Fidèle Castré !

Pacôme Jeffroy referme sa précieuse boîte en la faisant claquer.

– Commissaire, êtes-vous venu ici pour me parler peinture ?

– Non. Pour vous parler de Blanche.

– Blanche Hawaal, mon employée ?

– Blanche Hawaal, votre maîtresse !

Le Maître Sondeur laisse miroiter un sourire pur kaolin.

– Nous y voilà ! Il fallait le dire tout de suite. Outre mon coffre de havanes, vous allez également soulager mon chéquier en échange de votre silence. Certes, si ma femme apprenait ma liaison avec cette gamine, je me retrouverais dans une fâcheuse situation, je l'admets. Alors... combien ?

Je joins mes deux mains devant ma bouche comme tu l'as vu faire à Lino Ventura dans *Les Tontons flingueurs.*

– Alexandre, tu vas remettre les cigares en place...

– T'es sûr ? C'tait pourtant offert d'bon cœur !

– Fais ce que je te dis.

De mauvais gré, l'Enflure vide ses poches et dépose son trésor dans l'humidor.

– *Tous* les cigares ! insisté-je.

Béru feint de découvrir le petit dernier, oublié dans un recoin de sa chemise, et le fait rouler sur le bureau.

– Maintenant, Gros, tu vas expliquer à Monsieur qu'on est pas des ripoux.

– Lui expliquer comment ?

– Comme tu as l'habitude !

Sa Majesté se penche sur moi, mine déconfite.

– C'est délicat, chuchote-t-il.

– Pourquoi ?

– C'est le nouveau patron à ma Berthe !

– Excuse, j'avais oublié. Rengainez votre chéquier, monsieur Jeffroy. Si vous nous dites tout ce que vous savez sur la mort de Blanche, votre épouse ne saura rien de vos relations extraconjugales.

Machinalement, le big boss remise ses havanes par rang de taille dans la boîte.

– Je ne sais rien de sa mort. J'aimais beaucoup cette fille. Elle me portait à la peau. On se voyait dans un discret meublé du quartier, parfois on passait un week-end ensemble dans un petit hôtel tranquille près de Deauville. C'était une maîtresse exceptionnelle, moi un amant généreux, et voilà tout.

– Vous a-t-elle jamais parlé d'un certain Marcello ?

– Aucun souvenir.

– Et d'un garçon prénommé Yann ?

– Bien sûr. C'était son cousin. Elle voulait que je l'engage, car il était au chômage.

– Vous avez refusé ?

– Son profil ne correspondait pas à nos recherches. J'ai offert le petit Degas à Blanche pour me faire pardonner.

– Un tableau, ça va, trois tableaux, bonjour les Degas ! rigole l'Enflure.

– Son profil ? réagis-jé-je-tu. Vous possédez donc les coordonnées de ce garçon ?

– Sans doute.

Par bigophone interposé, Pacôme Jeffroy réclame le dossier du cousin Yann (cousin, mon cul, qui la niquait !) à sa secrétaire. En attendant, j'en reviens à la mission de Blanche au sein de la société.

– Jamais elle n'a été chargée d'une enquête sur la fréquentation des prochains JO d'Athènes ?

– Jamais ! confirme le P-DG. Vos collègues m'ont déjà interrogé à ce propos. A la demande d'un fabricant de condoms, Blanche travaillait auprès d'un pannel de jeunes gens de quinze à vingt ans sur l'utilisation déclinante du préservatif.

L'Immonde se croit obligé d'ajouter son grain de sel :

– Et selon ce dont mon p'tit doigt m'a causé, v'z'avez remplacé Blanche au pied lavé par une nouvelle recrute d'prmier choix ?

– Remplacé ? On ne remplace pas une fille comme Blanche ! J'ai engagé à sa place une espèce de truie, une orque en chaleur, une mammouthesse dégoulinante ! Je n'ai pas eu le choix : elle écartait ses cuissots truffés de cellulite, s'agrippait à ma taille en gémissant comme une chienne. Je n'ai jamais croisé de ma vie une lubrique aussi allumée ! Si je ne l'avais pas embauchée sur-le-champ, je crois qu'elle serait encore en train de me violer dans mon bureau...

De rubiconde, la trogne de mon Alexandre a viré violacée.

– J'rêve ou vous causez d'ma'ame Berthe Bérurier née Poifout dans sa jeunesse ? gronde-t-il.

– Je ne sais plus. En tout cas, d'une grosse vache dégueulasse !

L'intrusion de la secrétaire privative de Pâcome Jeffroy endigue le rush du Mastard. La môme, genre pattes de crevette sanglées dans une jupette à bon marché, me tend le curriculum du faux Marcello, Yann Amar de son véritable patronyme.

– Merci, mademoiselle, merci, monsieur le président-directeur général, dis-je en m'esbignant. Mon collègue va vous expliquer à quel point on déteste être pris pour des véreux. Ciao, ciao !

J'appelle l'ascenseur. Les hurlements de la sténo-dactylo ne parviennent pas à couvrir l'impact des horions, les cris de douleur de son singe, ni le massacre en règle du bureau directorial.

A deux pas de la bouche de métro, je tombe sur Bertaga en train de sonder une jolie brunette. M'ayant avisé, elle me fait signe de ne pas la disturber en plein job. Je me tiens donc à l'écart tout en prêtant l'oreille.

– A dix-sept ans, vous z'utilisez pas de capotes anglaises ? s'étonne la Baleine.

– Pour quoi faire ? remise la gamine. Je n'ai pas de petit copain.

– B'alors, tu fais comment t'est-ce pour prend' ton panard ?

– Mon quoi ?

– Pour grimper au fade, t'accrocher au rideau, t'exploser les varices, t'humecter la cantine ?

– Je ne vois pas de quoi...

– M'dis pas qu't'as jamais jouite ?

– Ben... enfin... Vous êtes sûre que je dois répondre à cette question ?

– Formelle ! Autrement sinon, si chacun exquive les réponses, un sondage n'aura pas plus d'valeur qu'une convusion électorable ! T'as déjà jouite ou t'as jamais jouite ?

– En fait... oui, ça m'est arrivé.

– Comment qu'tu t'y es prise ?

– Ben... toute seule...

– A'ec tes doigts ?

– En effet.

– Ah, la gourde ! Qu'tu soyes trop timide pour ach'ter un gode, j'dis pas ! Mais l'concombre ? T'as jamais pensé au concombre ? C'est pourtant simple et délectab'. T'en pèles les deux tiers avec un économe, tu gardes le reste de peau pour bien le t'enir en main. N'ensute, tu laisses tremper l'toutim dans un lavabo a'ec de la flotte à 37 degrés sel-suce. C'est là le secret : faut que la légume soye à la température du corps... Ho, p'tite, pourquoi tu t'en vas ! Attends, j'ai pas fini mon questionnaire. Putain ! Qu'est-ce qu'elles sont bégueules d'nos jours, les fillasses !... Tiens, en v'là une qu'a l'air bonne...

« Ma'm'zelle ! Si'ou plaît, ma'm'zelle ! J'enquéquette sur les capotes. Z'en utilisez souvent, vous ?

– Ça m'arrive, pourquoi ?

– Enfin une cliente ! Un instant, ma puce, et j'suis à vous...

La Mégère approvisionnée me hèle d'un élégant coup de sifflet.

– Pssiii, commissaire ! Faut que j'vous cause...

– Alors vite fait, j'ai du lait sur le feu.

– A la boîte, on m'a infecté l'placard d'ma prédécesserice. En y rangeant mes p'tites affaires, j'ai dégoté un appareil photo qu'elle avait oublié, un truc moderne, sans pellicule... v'savez, un appareil homérique...

– Numérique ?

– Voilà ! Ça peut p't'êt' intéresser votre enquête ?

– Vous êtes certaine qu'il était bien à elle ?

– Z'avez qu'à visionner quèques clichés, y a pas d'doute. On la voye dans toutes les positions, avec le boss d'la taule et un deuxième mec, aussi. J'croye bien qu'elle était encor' plus féminine que moi, c'te Blanche. V'voulez qu'j'allasse le chercher, c't'appareil utérique ?

– Donnez-le à Béru, qu'il le remette au labo. Votre époux ne devrait guère tarder.

– Chouette, y va pouvoir m'servir d'mannequin pour mes capotes anglaises, j'crois qu'y m'reste encore du XXXL. Les sondages, c'est bien ; la pratique, c'est encore mieux.

DEUXIÈME ÉPREUVE

Touché coulé

12

Stalagmite

Quoi de plus irrritant que la *Marche turque* ânonnée par un pianiste débutant ? Chaque note mérite une baffe et tout arpège est sanctionnable des pires sévices. Si d'aventure les profs de musique touchotent leurs élèves sous le clavier, ne leur en veuillez pas, c'est pour ne point les étrangler.

En m'élevant de deux étages, j'imprime une certaine distance entre mon tympan et le massacre de Mozart. La porte d'Yann Amar est entrouverte. Un courant d'air perfide venu d'une lucarne palière la pousse et la rappelle au gré des respirations du ciel.

Pourquoi, en cet instant précis, une contrepèterie s'impose-t-elle à mon cerveau, balayant toute autre préoccupation ? C'est pareil, la nuit, quand j'essaie de m'endormir : des phrases, des chansons, des images, des peintures, des formes et des déformes viennent hanter un sommeil qui demeure une semi-veille. Parfois j'ai peur que la machine surchauffe. A force d'alimenter une chaudière mentale avec tous les combustibles de la pensée, peut-être finit-elle par échapper à celui qui en a la charge ? Je crois que mon cerveau méritera un jour un joli coup de bistouri pour voir s'il était suractif ou simplement barge.

« Dans un seau d'eau la stalagmite était trimbalée par des Anglais jusqu'au fond de sa grotte classée. »

Voilà la phrase qui m'obsède. Incrustée dans mon esprit, elle ne daigne plus l'évacuer. Ne compte pas sur moi pour te donner la solution. Fais bouillir ta marmite, l'ami. Et si tu aimes te tracasser l'intellect, procure-toi vite mon recueil de contrepets[1], tu seras servi.

Le studio d'Yann Amar se visite aussi vite que la culotte de ta femelle un jour sans. Living avec

1. Toujours chez Arthème F., 2002.

coin-cuisine et canapé-lit. Plus un chiottard jouxté d'une salle de bains.

C'est là que je retrouve le petit copain de Blanche. Il est immergé tout habillé dans la baignoire pleine à ras bord. Il porte un masque de plongée équipé d'un tuba. Un facétieux a obturé l'embout du tuyau avec un bouchon de champagne et a sans doute maintenu le jeune homme sous l'eau le temps d'une asphyxie réglementaire.

Par acquit de conscience, j'extrais le type de son bouillon et tente de lui prodiguer la respiration artificielle. Autant essayer de ranimer la momie de Toutankhamon : si Yann n'est pas totalement froid, c'est que le bain dans lequel on l'a noyé devait être bien chaud-douillet à l'origine. Je me dis que ce garçon doit regretter de ne pas s'être vraiment brisé les tibias lors de sa chute.

Une autre évidence s'impose : Yann Amar devait être surveillé par son tueur pour avoir été assassiné si peu de temps après avoir échappé à une mort quasi certaine. S'il était surveillé, moi aussi, probablement. D'ailleurs, pourquoi Blanche, sa maîtresse, est-elle venue se faire abattre devant mon domicile ? L'enveloppe du commanditaire portait mes nom et adresse ! Réfléchis, Duglandin : je ne suis pas le seul flic de France, fussé-je le meilleur d'entre nous. Je suis donc bien visé.

« Dans un seau d'eau la stalagmite était trimbalée par des Anglais jusqu'au fond de sa grotte classée. »

Dégage, putain d'obsession ! Laisse mon ciboulot accomplir son boulot sans entrave !

J'appelle la Grande Cabane et sollicite l'Identité judiciaire. Puis, pour patienter en attendant l'arrivée de mes collègues, je furète dans le minuscule appartement.

Trois pantalons, quelques chemises, deux paires de pompes éculées, des chaussettes en fin de course, une veste élimée : la penderie n'est pas à la hauteur du physique plutôt avantageux du locataire. Côté pièce à vivre, une télé grand format, un lecteur DVD et une pile de CD à majorité rappeuse. Conforme.

« Dans un seau d'eau la stalagmite était trimbalée par des Anglais jusqu'au fond de sa grotte classée. »

Stop ! Lâche-moi la grappe, salope de cervelle !

Grâce à Dieu, mon berlingot de fouille grésille

dans mes vagues. Je le translate jusqu'à mon oreille.

– Papa ?

– Ouais.

– C'est ton fils.

– Je m'en doute, tu es la seule voix masculine susceptible de m'appeler papa, à ma connaissance. Un problème ?

– Non. Enfin... je voulais simplement te dire que tonton Béru et tante Berthe venaient d'être embarqués pour exhibitionnisme. Elle lui faisait faire des essayages de capotes géantes par des gamines, ça la fout mal, non ?

– Si on ne peut plus éduquer la jeunesse... Autre chose ?

– Oui. Le rapport de Pinuche et Jérémie. Athanase Ilénaz, le tueur à gages, exerçait son expertise pour un grand labo pharmaceutique sur le déremboursement de certains médicaments, notamment homéopathiques. Rien à voir avec les JO d'Athènes. Je pense que le mec qui est derrière tout ça est un cinglé majeur.

– C'est aussi mon avis, fiston. Fais libérer les gros libidineux et rassemble l'équipe, j'arrive dans vingt minutes.

– Cinq sur cinq.

Tout en remisant mon Nokia (publicité d'autant plus gratuite que je suis passé à Alcatel), je farfouille dans la chétive cuistance. L'évier déborde de verres saupoudrés de cendre, d'assiettes jonchées de méga-mégots. La poubelle dégueule de yaourts, jambon cru, saucisses et nuggets non déballés. Bizarre de larguer ainsi des victuailles pas encore périmées !

J'ouvre le frigo de la taille d'un mini-bar d'hôtel. Il est vide. A l'exception d'un petit paquet de tripes sous vide à la mode Caen. Au feutre rouge on a griffonné sur l'emballage :

Il était l'indice
Qui sera la cible ?

13

Court-bouillon

Dans le quartier Saint-James, à Neuilly, on l'avait surnommé « le Professeur », sans doute pour sa belle chevelure argentée, ses allures de vieux sage et la richesse fleurie de son langage. Neveu et unique héritier du fameux milliardaire franco-saoudien Roger Makramé, récemment soustrait à l'affection des siens, Omar Maniké avait pris la direction des innombrables sociétés de son oncle et jamais le mahomet ne se couchait sur ses comptes en banque. Il appréciait la cuisine lyonnaise, les vins du Médoc et les ébats aquatiques.

Chaque jeudi, à 10 heures du soir précises, il se baignait nu dans sa piscine privée creusée dans les sous-sols de son hôtel particulier. La vaste salle d'inspiration mauresque était plongée dans l'obscurité. Seuls les hublots de profondeur éclairaient le bassin, le transformant en une somptueuse émeraude liquide. Une musique orientale mielleuse comme un baklava s'évadait langoureusement de baffles dissimulée dans des conques marines, ajoutant à la magie ambiante.

Le rituel voulait qu'Ingrid, la gouvernante suédoise d'Omar, lui procurât chaque semaine une nouvelle sirène, toujours jeune, parfois à peine nubile. La naïade apparaissait dans la pénombre, sobrement revêtue de sa peau délicatement ointe des huiles les plus raffinées. Elle se laissait couler dans le bain où elle se livrait à un ballet aquatique avant de se soumettre à toutes les fantaisies du maître des lieux.

Mais, ce soir-là, Ingrid avait été chloroformée à l'aide d'une bombe aérosol et enfermée dans le sauna voisin.

Omar ne prit pas garde à l'ombre qui se faufilait le long du mur en traînant un chariot ressemblant à un aspirateur. Il s'agissait en fait d'un puissant transformateur de courant électrique.

Après avoir branché son engin sur une prise située derrière le bar, l'individu chaussa d'épais gants isolants et déroula deux électrodes jusqu'au bord de la piscine. Il attendit que le nageur fût revenu vers lui avant de les plonger dans l'eau chlorée à souhait.

La décharge fit tressaillir Omar. Instantanément, le bout de son gland se caramélisa et une intense brûlure lui parcourut la moelle épinière. Il ouvrit grand la bouche pour tenter de hurler sa douleur. Il ne réussit qu'à cracher une gerbe de sang coagulé. Très raisonnablement, son cœur décida de cesser de battre tandis que des fumerolles au parfum de cochon grillé (désolé, Allah) enveloppaient son corps.

Avant de disparaître, l'assassin graffita sur le mur cinq anneaux entrelacés avec une bombe de peinture rouge.

14

Fantôme

La dream-team poulardière est rassemblée dans mon burlingue. Dois-je te remémorer le Cinq majeur qui la compose, outre ton auteur favori dans le rôle du capitaine Courage ? Amélie Mathias et César Pinaud comme meneurs de jeu, Jérémie Blanc et Toinet aux ailes (et au zèle), et, en pivot, l'inébranlable Alexandre-Benoît Bérurier.

Le Gros s'est justement chargé du ravitaillement, car la réunion risque d'être longuette, or toute une matinée sans un petit en-cas vite fait le précipiterait dans une fatale inanition. Il a donc rendu une visite de courtoisie au traiteur voisin avec qui il est devenu cul et slip : des amis indétachables.

Juge plutôt la collation « sur le pouce » qu'il nous a concoctée. A titre de mise en bouche : une douzaine d'escargots par personne, mais il finira les gastéropodes délaissés par les collègues. En entrée : queue de bœuf aux chipolatas : le bœuf et le porc se marient tellement bien qu'on se demande ce qu'un âne est venu foutre dans la crèche de Noël ! Ensuite : des œufs à la tripe, bien chargés en oignon, et des harengs pommes à l'huile, pour le phosphore. Puis cervelas truffé en brioche, ris de veau à la normande en guise de trou normand, suivis de cailles farcies – ça peut se manger avec les doigts, donc idéal pour un plateau-travail –, civet de lièvre aux pruneaux pour faciliter le transit. En dessert : beignets de bananes flambées – paraît qu'il faut manger des fruits pour être en bonne santé, et il fait gaffe depuis ses dernières analyses ! Et pour ceux qui auraient encore une petite dalle, des pieds de porc panés et une douzaine d'œufs durs. Le tout arrosé de juliénas et muscadet-sur-lie, cela va sans dire.

Pinuche avale une demi-bouchée d'œuf, s'étouffe, repeint son revers au pochoir jaune et blanc, l'époussette et se nettoie la tuyauterie d'un jet de vin blanc.

– C'est quand tu veux ! grogné-je.

– Hier soir, j'ai regardé la télé, attaque la Vieillasse, une émission de variétés consacrée à Patrick Fiori, un chanteur avec une jolie voix pour karaoké chinois. Pourquoi porte-t-il un double percing au sourcil droit ?

– Pour accrocher son cerveau, pas qu'il ballotte ! remise mon Antoine qui sait à l'occasion me chiper mes répliques, le petit salopard.

– On t'écoute, l'Ancêtre !

A ma seconde exhortation, César daigne rassembler ses notes. Ses paluches fanées, striées de ridules, évoquent les doigts d'E.T. désignant l'infini où il souhaite retourner maison.

– Avec mon collègue Blanc, nous avons tenté de synthétiser l'affaire qui nous occupe, fait-il en guise de préambule. Nous sommes en présence de quatre meurtres qui possèdent à la fois des points de convergence et beaucoup de dissemblances. Quelles sont les victimes ? Jérémie va vous les présenter.

Pris de court, l'ex-balayeur des boulevards extérieurs, ex-ministre de l'Intérieur, tend son sandwich à peine entamé à Bérurier qui l'ingurgite et le détruit entre ses maxillaires avec l'implacabilité d'un sani-broyeur au mieux de sa forme.

Jérémie presse le bouton de son rétro-projo pour laisser apparaître sur un coin de mur la photo de Blanche Hawaal.

– Dans l'ordre chronologique, voici la première personne assassinée. Une fille de vingt-sept ans, abattue par un tireur d'élite devant le domicile de San-Antonio. On sait qu'elle travaillait à l'institut de sondage IMSUS, qu'elle était la maîtresse de son patron qui la comblait de présents et qu'elle se faisait sauter à ses moments perdus par un certain Yann Amar, truand demi-sel mais queutard plein pot.

Ce brave Pinuche (inspecteur, selon son dernier titre officiel des années quatre-vingts) croit opportun de récupérer le bavoir.

– Savez-vous qu'hier soir...

– Tu as regardé Patrick Fiori à la télé ! le coupe mon Toinet.

– Certes, mais auparavant j'ai assisté au tirage du Loto. Ils étaient des millions à avoir joué pour gagner le gros lot.

– Moi l'pommier et ma Berthe item ! intervient la Gonfle. Et on a paumé comme deux glands.

– Je suis affligé du nombre de personnes qui s'en remettent au destin et comptent davantage sur le hasard pour faire fortune que sur le fruit de leur labeur.

– On est d'accord, c'est triste, m'exaspéré-je, mais on bosse pour la Rousse, pas pour la Française des jeux !

– Ce n'était qu'un aparté. Bref ! Blanche Hawaal a accepté, moyennant mille euros, de venir poser à ta charmante Félicie de mère une question censée te mettre, toi, commissaire San-Antonio, sur la piste des Jeux olympiques d'Athènes.

– Bien résumé ! admets-je. Et Berthe a découvert l'appareil photo de Blanche dans son placard de l'IMSUS. Quelque chose d'intéressant ?

– Si tu aimes les photos de cul, tu seras pas déçu ! rigole mon fiston. La Blanche, c'était pas une oie de même couleur ! On la mate dans une foultitude de positions que je ne saurais décrire dans un ouvrage d'une telle tenue. En compagnie de Pacôme Jeffroy, son patron, seule ou en duo avec son amant, elle nous offre la panoplie de ses talents.

– Rien d'exploitable dans le cadre de l'enquête ?

– Des preuves de ses rapports avec le directeur de l'IMSUS et de sa liaison avec Yann Amar, poursuit mon lardon, mais, pour le reste, il s'agit de vues anodines. Le genre de photos qu'on prend pour s'entraîner au maniement de l'appareil : des scènes de rues, des trucs mal cadrés, le plafond de sa piaule... La mémoire comporte six cents clichés. On ne les a pas encore tous exploités.

– Il va falloir !

– Ce sera fait.

– Parfait. Passons à la suite... Cette fille a été flinguée par Athanase Ilénaz, expert en assurances et occasionnellement tueur de métier.

D'un index léger, Boule-de-Zan projette le portrait du tireur d'élite.

– Voici l'homme, mulâtre haïtien ! Moi, en tant que Sénégalais, je le considère comme un demi-Blanc, mais je suis certain que Béru le prend pour un demi-Noir.

– Je veux, ouais ! confirme l'Immonde. Y a qu'à voir ses narines ! Mêmes les boxeurs d'chez nous les z'ont pas autant écartelées. M'enfin, c'est pas d'vot' faute, les bronzés. Pareil que pour les homos. Aznavoche l'a chanté : c'est la nature qu'est seule responsab', comme y disent !

Quand tu as traversé des saharas d'incompréhension, escaladé des kilimandjaros de mépris et que tu as admis dans ton miroir matinal conchié par les mouches que tu étais plus mâchuré que la moyenne des bipèdes, tu ne t'attardes plus sur une réflexion bérurienne.

– Ilénaz semble la victime désignée, la cible ; alors que Blanche n'était, selon notre tueur en série, qu'un simple indice.

Amélie Mathias repose son Coca Light avec une certaine brusquerie.

– Tueur en série, il est prématuré de l'affirmer !

– Je n'affirme rien, proteste Jérémie. J'émets une hypothèse que d'autres événements sont en train d'étayer.

– Ne nous égarons pas, interviens-je, et restons un instant sur cet Athanase. Si l'indice était les JO d'Athènes et qu'il est la cible, il a forcément un rapport avec cet événement, du moins dans l'esprit de celui qui l'a abattu. Quel rapport ?

Mon Antoine offre une cuisse de caille à sa fiancée (c'est officiel depuis que j'ai carmé pour la bagouze : un coquet caillou composté Cartier), puis expulse un escargot de sa coquille à l'aide d'un cure-dent.

– Papa, nous avons mené une enquête rigoureuse sur cet individu. Tireur réputé malhabile dans son club de sport – une forme de couverture – mais équipé de toutes les technologies de pointe en matière de tir : visées infrarouges, GPS numérique à fréquence labiale, laser vermifugé, sélectionneur de motricité ambiante, glomuleur d'aérophagie incorporé, rétro-satanas multipluriel, sustente à prostation variable...

– Bref ?

– Bref : l'arsenal d'un parfait tueur du vingt et unième siècle !

– Mais aucun lien avec les prochains Jeux en Grèce ?

– Aucun ! consent Amélie Mathias. En revanche, nous avons bon espoir de lui imputer un certain nombre d'exécutions non élucidées à ce jour.

– Ça permettra à quelques familles de faire leur deuil, précise Jérémie, mais ça ne nous sera d'aucune utilité dans notre enquête. Ce type étant un tueur à gages, aucun lien ne pourra être établi entre ses différents forfaits...

Je n'esgourde plus mon Charbon ardent, sidéré par l'expression dont il vient d'user : « faire son deuil » ! En voilà une tournure inventée par les psys, relayée par les médias, puis monnayée par les avocats. Faire son deuil ! Je voudrais bien qu'on m'explique ce que ça signifie. Ou, plus exactement, je crains d'avoir pigé. On fait son deuil d'un être cher le jour où on comprend qui est responsable de sa mort. Alors c'est l'assassin, le pervers confondu par son ADN, le toubib qui jouait au golf au lieu de poireauter dans la salle de réa, la vilaine bactérie qu'on a fini par identifier, le chauffard du dimanche avec ses trois grammes douze, l'infirmière qui a morphiné mémé parce qu'elle n'en pouvait plus de lui changer ses couches, l'État qui a laissé implanter des antennes bigophoniques hautement cancérigènes, l'instit qui n'a pas empêché le cancre de basculer par la fenêtre, le tremblement de terre qui a bousillé ta famille, l'incendie qui l'a carbonisée, l'inondation qui a embarqué tonton, la canicule qui a desséché nos vieux, les froidures qui vont les surgeler, la Senecefe qui a déraillé, Air Franchouille qui s'est planté, le *Charles de Gaulle* qui va couler, et puis nos retraites qui ne nous permettront plus de baguenauder nos troisièmes âges !

Faire son deuil ! Découvrir le coupable, celui par qui le drame est arrivé, celui qui donne ou n'empêche pas la mort ! Mais il est tout désigné, bordel, ce responsable universel : il s'appelle la Vie ! A partir de l'instant où tu te sais mortel, tu n'as plus qu'à t'en prendre à toi-même. Ou à intenter un procès à tes parents ! Et s'ils sont insolvables ou décédés, attaque tes descendants et tes collatéraux ! Tu feras peut-être ton deuil en échange d'un petit chèque ?

Faire son deuil, mon cul ! Jamais je ne ferai le deuil de Frédéric ni de mon petit Jules. J'interdis à quiconque de m'imposer ou même me suggérer la fin d'une souffrance. Les douleurs de mon âme ne sont pas négociables. Maintenant, si faire son deuil, c'est laisser passer le temps, laisser croupir ses ressentiments, vieillir ses sentiments, alors là oui, peut-être ? En attendant, j'attends.

Pardon, vieux pote, pour cette diatribe, d'autant que je n'arrête pas de marteler mon intention de contenir mes digressions. Mais tu sais, de fil en aiguille, de père en fils, de Charybde en Scylla on va toujours s'échouer sur les mêmes « au fond... ».

Où z'en étions-nous donk ? Exakt : Ilénaz Athanase, le flingueur mondain.

– De ce côté, on fait chou blanc, résumé-je.

– Pour l'instant ! reconnaît Jérémie.

– Alors venons-en aux deux autres meurtres, ceux d'Yann Amar et Omar Maniké.

– Nous ne sommes plus dans le même registre, intervient Miss Mathias, reine du labo. Dans un cas, le tueur utilise ou fait utiliser une arme à feu. Dans le second, son élément destructeur, c'est l'eau.

– J'avais remarqué. Mais il procède quand même selon la même méthode : il tue l'indice avant d'éliminer la cible.

– On est bien d'accord, commissaire, s'enflamme ma future belle-fille. Mais qui est le nouvel indice ? Yann, l'amant de l'indice précédent. Qu'a-t-il à nous livrer en tant qu'indice ? Qu'il est mort noyé, certes, et de manière cocasse, mais après ?

– Il annonce la mort de la prochaine cible : Omar Maniké, électrocuté dans sa piscine, fait observer Pinuche. Et l'assassin barbouille les murs d'anneaux olympiques sanguinolents pour nous remettre sur la piste athénienne...

– L'ennui, c'est que cet Omar court-bouillonné n'a pas le moindre rapport avec les JO, objecte Amélie Mathias. D'où ma réticence à considérer ce criminel comme un serial killer. Un vrai tueur en série obéit à des rites, à des pulsions, il lui arrive de poursuivre des buts fantasques, mais dont on finit toujours par cerner la finalité. Dans son cas, rien n'est cohérent ni vraiment répétitif.

– Rien ? répété-je. Rien, sauf qu'il a traité dans sa première lettre Athanase Ilénaz de *Black Pudding*, ce qui signifie « Boudin » en anglais !

– Normal il était noir ou quasiment..., argumente Sa Majesté goulue.

– Ensuite il nous a laissé dans le frigo d'Yann

Amar un paquet de tripes à la mode de Caen, insisté-je.

– Ça vaut bien un bouquet d'roses, pour ceusses qui sachent apprécier ! opine l'Informe.

– Je ne m'adresse pas aux jeunots qui étaient à peine nés, ni à Jérémie Blanc qui à l'époque rendait la justice sous un baobab au Sénégal, mais à toi, Béru, et à toi, Pinaud, qui avez vécu avec moi ce terrible échec. Du boudin et des tripes, ça ne vous rappelle rien ?

– Les amuse-bouche pour l'anniversaire à ma belle-sœur ! se rappelle Alexandre-Benoît. N'ensute, y avait gigot d'chevreuil a'ec des flageolets ou sanglier rôti à la purée d'marron. Moi, j'ai goûté des deux...

Surmontant son grand âge et l'enflammaison intempestive de son mégot roulé maison, Pinaud pousse une clameur :

– Paul Hatta, dit « le Charcutier » ! Un psychopathe qui s'en prenait à des jeunesses ! Il a fabriqué du boudin avec sa première victime et des tripes à la mode de Caen avec la seconde ! Ça remonte à...

– A longtemps ! fais-je.

– A bien plus qu' ça ! ajoute Béru dont la

mémoire recolle au peloton. Même qu'tu bandais encore, Pinuche ! Souviens-toi : t'avais tringlé une infirmière-chef dans l'cagibi au linge sale. È gueulait si fort qu'tu lu' avais fourré la tronche dans d'vieux pans'ments. L'a failli s'étouffer en jouissant.

– Le Charcutier s'est évaporé juste avant qu'on ne l'arrête, reprend la Vieillasse. On n'a jamais plus entendu parler de lui. Et ses crimes ont cessé par la même occasion.

Histoire de ne pas être en reste, Béru alimente ses méninges d'une banane en beignet plus figée que la pensée unique de nos politiciens.

– Sa nana, un' belle p'tite môme en cloque qu't'avais l'ticket avec, San-A, a disparu itou ainsi qu' sa gamine ! Même qu'une jugesse d'introduction avait z'été agressée dans l'affaire... On s'est pris l'bide du siècle ! C'est pas l'fantôme d'ce mec qui reviendrait nous déjanter, quand même ?

Si, selon les joui-dire de ton épouse, ami lecteur, ta bistouquette n'a rien d'éléphantesque mais serait davantage calibrée sur le ouistiti, je sais qu'il n'en va pas de même de ta mémoire. Je ne te ferai donc pas l'injure de laisser mes acolytes revenir trop longuement sur les forfaits du Charcutier que j'ai pris soin de te rapporter dans les quatre premiers chapitres de cet édifiant ouvrage.

– L'emploi de *black pudding* et la présence de tripes dans le frigo ne seraient-ils pas de simples coïncidences rappelant cette vieille histoire de Charcutier ? hypothèse Toinet.

– Je crois bien t'avoir appris à te méfier dans notre métier des coïncidences, mon fils.

– Je sais, mais penses-tu vraiment que ce Paul Hatta aurait pu reprendre du service après une si longue inactivité criminelle ?

– Il n'a jamais que mon âge ! grincé-je. Pourtant, je partage ton avis sur un point : s'il était l'auteur de crimes récents, ce type aurait recouvré son obsession charcutière.

– Tu te rallies donc à la thèse de la coïncidence ?

– Non, à celle de la référence. Beaucoup de criminels en série s'inspirent de précédents serial killers pour tout ou partie de leur rituel.

Jérémie acquiesce à ma théorie.

– Tu présumes que le meurtrier auquel nous

sommes confrontés aujourd'hui a lu les exploits du Charcutier, qu'il sait qu'à l'époque – pardonne-moi d'être cru – tu t'étais planté ? Alors il essaie d'être aussi malin que son illustre prédécesseur en t'entraînant à nouveau dans l'échec, mais avec ses propres fantasmes ?

Qu'ajouter lorsqu'un flic de haut vol, fût-il bronzé au-delà du raisonnable, analyse avec tant de sagacité la situation ?

Sinon que, selon toute vraisemblance, le prochain meurtre se déroulera sous l'égide de la rillette ?

TROISIÈME ÉPREUVE

Cours toujours, mon lapin

15

Angoisse

Les voitures, c'est comme les femmes, je les adore et j'en change en fonction des émotions qu'elles me procurent. Petite différence notable : si je fourrage volontiers sous les jupes des unes, je ne soulève jamais le capot des autres.

Alors ne me demande pas la cylindrée ni le nombre de soupapes de ma nouvelle Porsche Cayenne. Je sais qu'elle abrite plus de bourrins que l'écurie des Rothschild, qu'elle déménage encore plus vite que Calberson et qu'elle tute bien davantage que Béru, ce qui n'est pas un mince exploit. Vive, souple, endurante et bonne pompeuse, que peut-on réclamer de plus à une bagnole ? Te dire la préciosité de cette caisse :

l'air-bag frontal sert à protéger le volant contre les chocs de ton sternum !

Mon premier réflexe en quittant le parkinge de la Tour pointue, c'est d'activer le téléphone de bord. Une voix synthétique quoique féminine m'annonce avec des inflexions de kapo : « Fous a vez un nou feau mess a ge ! »

Presque aussitôt, le timbre suave de Dorota se fait entendre :

« Commissaire, vous m'avez dit que je pouvais vous appeler à tout moment. Alors j'ai besoin de vous : je suis très inquiète. Si vous avez ce message avant 19 heures, essayez de me rejoindre à mon travail chez Opera Mundi, rue Auber. Sinon, venez directement chez moi. »

La pendule de bord proclamant 18 h 15, j'ai le temps de me rendre à l'agence de voyages où bosse Dorota. Suffit de traverser la cour du Louvre et de remonter l'avenue de l'Opéra.

Je me gare sur les clous devant la sortie du RER. Une contractuelle rallège en furie, l'index vissé sur la tempe. Je la calme en lui désignant mon girophare posé sur le siège passager. Je ne le plaque sur mon toit que lorsque je suis à la bourre au rendez-vous d'une vraie cochonne, car les vraies cochonnes sont comme les glaces à la vanille : elles fondent vite dans la bouche mais disparaissent dès que tu les fais trop attendre.

Opera Mundi est une agence classieuse, avec du marbre au sol, des plantes exotiques dans des vasques et trois employés derrière des bureaux d'acajou décalés pour préserver la confidentialité des chalands, comme à la sécu.

Je repère Dorota aux prises avec un ombrageux à tête de Péruvien – un cas – mécontent que ni le condor ni l'air-buse ne décollent à l'heure de son choix.

Le fille m'adresse un regard imbibé de gratitude et m'exhorte à la patience. Elle occupe le box du milieu. A sa droite, un grand blond décoloré qui a dû tourner dans son froc plus que la terre sur elle-même. A sa gauche, un beau brun décontract' et balèze en train de blaguer avec une Mandchoue dont les yeux en forme de blessure mal cicatrisée semblent apprécier l'humour parisien.

Pour me donner contenance, j'attrape le catalogue de la boîte et le feuillette sans le lire, laissant défiler des images de palmiers datés, de ciels indigo et de temples d'Angkor plus loin.

La Mandchoue, qui est en fait une Mongole hautaine – t'as vu comme j'arrive à éviter Mongole fière depuis que je publie chez Fayard ? –, s'évacuant, le brunet m'invite à m'asseoir en face de lui. Ce que je, après avoir glissé le catalogue dans la vague de mon imper.

Tifs en pétard collés au gel, de grands yeux bleus crépitant de malice, le gamin inspire d'entrée de jeu la sympathie. Une plaque gravée sur son bureau indique qu'il se préblaze Mathurin.

Il m'accueille avec un sourire plus avenant qu'un additif sur ton assurance auto.

– Bonsoir, cher monsieur. Quelle est la destination de vos rêves ? lance-t-il d'un ton jovial.

– Saint-Cloud !

– Pour les tickets de métro, vous avez le RER à deux pas ! fait-il sans se départir de sa bonne humeur.

– Mais auparavant, Mathurin, j'ai besoin de bavarder avec Dorota. Alors, soyez gentil, occupez-vous de son client et libérez-la-moi.

Histoire d'appuyer ma demande, je lui coulisse ma brème de matuche sous les mirettes. Qu'aussitôt la permutation s'opère.

Elle est encore plus séduisante quand elle

trouille, la jolie Slave. Ses joues se sont légèrement creusées, soulignant la saillie des pommettes, et ses lèvres tant exquisément charnues s'animent d'une légère vibration qui n'est pas sans m'évoquer un récent et luxurieux souvenir.

– Merci d'être venu ! souffle-t-elle.

– Des soucis, Dorota ?

– J'ai lu le journal. Que Blanche, ma voisine, ait été assassinée, ça pouvait n'être qu'un hasard. Avec Yann, son petit copain, ça fait déjà beaucoup, mais Omar Maniké, là, c'est trop...

– Vous le connaissiez ! m'étranglé-je.

– Bien sûr ! C'était notre meilleur client !

Inutile de te dire que l'info m'évase le troisième œil.

– Omar Maniké achetait ses billets d'avion chez vous ?

– Ses billets, ses séjours, pour lui et toutes ses sociétés.

Dorota me presse les mains.

– Vous ne trouvez pas angoissants ces trois meurtres commis dans mon entourage ?

Jamais trois sans quatre, ça reste à inventer, non ?

– Athanase Ilénaz, ça vous dit quelque chose ?

Dorota hoche affirmativement le minois.

– L'homme qui a tué Blanche ? J'ai vu son nom dans la presse. Mais je ne le connais pas.

Comme quoi on ne peut accommoder les proverbes à n'importe quelle sauce. A tout hasard, Dorota cherche dans la mémoire de son ordinateur sans trouver trace d'un Ilénaz.

– Il n'a jamais été client chez nous.

– Votre bécane peut remonter loin dans le temps ?

– Jusqu'à la création de l'agence, il y a douze ans.

– Alors sortez-moi la liste complète des commandes effectuées par Maniké et ses sociétés.

– Ça va prendre du temps, objecte la fille.

– Prenons-le.

Pendant que Dorota s'affaire sur le computer, j'observe ses collègues. Le blond, qui s'appelle Jean-Luc par inversion de son second prénom, fourgue un voyage à Mykonos à un couple de vieux messieurs proprets dont l'un porte la culotte et l'autre s'est fait tirer, pas seulement par la chirurgie esthétique.

Mathurin dégote à son Péruvien un vol Paris-Lima avec escale à Madrid, qui semble enfin lui convenir.

Un barbu enturbanné accompagné d'une femme farouche au front estampillé d'un confetti rouge, plus un Anglais blanchâtre aux cheveux gras sont les tout derniers clilles de la taule qui s'apprête à baisser le rideau.

Dorota me tend un listing de huit pages répertoriant les réservations d'Omar Maniké. J'en prends connaissance en remontant de la dernière commande – six première classe pour New York avec suites à l'hôtel Pierre – jusqu'à sa toute première démarche auprès de l'agence, six ans auparavant.

Ce nabab réservait des biftons en moyenne toutes les semaines. Ça allait du Paris-Genève aller et retour perso dans la journée au séjour pour trente personnes au Lémuria Golf Hôtel de Praslin, aux Seychelles. Rien qui concerne Athènes ni aucun autre site olympique. Un détail me frappe (sans me blesser, rassure-toi) : Omar n'a plus rien commandé à Opera Mundi depuis plus d'un mois. Dorota me livre son sentiment sur cette désertion :

– Ça arrive toujours, à un moment ou à un autre. Ces milliardaires sont extrêmement sollicités par la concurrence et un jour ils vous lâchent, pensant avoir trouvé plus performant et moins cher.

– Nous mêmes, intervient Jean-Luc qui vient d'expédier l'Angliche craspouille, on ne se zêne pas pour chiper les bonnes poires aux autres azences du cru ! C'est la règle du zeu !

Au bilboquet, ce zigue, je suis sûr qu'il fait la boule. Plus maniéré que lui, t'es en casting pour un remake de *La Cage aux folles.*

De son côté, Mathurin en termine avec ses hindous et imprime deux billets pour Mumbai. Mumbai ! Il m'a fallu quelque temps pour piger qu'il s'agissait de Bombay. La dernière fois que je suis allé en Chine, j'enrageais de ne pas trouver Pékin sur les écrans de Roissy. Pauvre pomme, j'ignorais que la capitale de l'Empire céleste se dénommait à présent Beijing. Moi, j'en étais resté à Léopoldville devenue Kinshasa, au Congo transformé en Zaïre puis rebaptisé Congo, au Bénin, ex-Dahomey, à la Haute-Volta survoltée en Burkina-Faso, où vit Félix Soubeiga, mon lecteur et ami. Quand j'étais môme, le mont

Blanc mesurait 4 810 mètres au cordeau ; trente ans plus tard, il s'était tassé à 4 807, mais voilà qu'aujourd'hui on nous l'annonce à 4 808. Tu veux que je te dise ? Y a plus de salaisons et tout ça, c'est la faute au trou dans la couche du poète Ausone !

La turne vidée, l'équipage souffle un peu. Chacun range ses paperasses, désactive son ordinateur, boucle son tiroir et va chercher ses nippes au vestiaire.

– Allez, je vous paie un pot au Grand Café ! décide Mathurin.

– C'est sympa, dit Dorota, mais il faut que j'aille récupérer Basile chez la nourrice.

– Tu veux que ze te raccompagne, bout de chou ? minaude Jean-Luc.

– C'est gentil, mais le commissaire me l'a déjà proposé.

Tu m'as entendu lui offrir pareil service ? Non, hein ? Pour me forcer ainsi la main, cette fille doit avoir une idée derrière la tête. Ou ailleurs.

A l'instant où nous quittons l'agence, Jean-Luc pousse une clameur de papillon effarouché par une mante religieuse :

– Wou ! C'est quoi, ce machin au milieu des marches ?

– Un pot de rillettes, fait Mathurin en shootant dedans. Un clodo l'aura oublié.

Je l'avais pressenti dès la fin du chapitre précédent, le coup de Bordeau-Chesnel, non ? C'est fou, l'intuition dont je fais preuve quand j'invente une histoire.

16

Dopage

Chez la nounou, ça sent la couche repliée, le caillé premier âge, la suée de lassitude. Pour égayer les narines, un fumet de poisson frit à la banane verte vient enrober le tout comme ces nappes de brume qui rendent les paysages incertains et sublimes. Dieu qu'on doit être douillet dans ce logement d'infortune, algéco rapporté dans la cour d'un immeuble en délabrance, pour peu qu'on sache oublier que la vie nous a trop gâtés ! Hélas, je ne sais pas.

Quelques mômes babillent, d'autres braillent, tous ont la morve au nez.

Maman Pulchérie gère ce petit monde, reine en boubou, foulard négrita autour de la tête, le front emperlé de vaillance. Elle confie Basile à Dorota :

– Il est grognon. Je crois qu'il nous fait une cinquième dent.

– A six mois c'est beaucoup, non ?

– Héhéhé ! Vous ne savez pas la précocité africaine ! A demain matin, mon petit Basilou...

Dorota installe son bout de cachou dans un couffin à l'arrière de ma chignole et vient s'asseoir à mes côtés.

– Désolé, je n'ai pas de siège bébé, m'excusé-je.

– Vous n'avez pas d'enfant ?

– Deux, répliqué-je. Mais mon garçon est trop grand et ma fille trop loin.

– Divorcé ?

– Mieux : jamais marié.

J'éprouve le besoin de changer de conversation :

– Elle est folklo, votre nourrice.

– C'est la seule que j'aie trouvée. Les autres, les Blanches, trouvaient Basile... comment dire ?

– Trop noir ?

– Il y a de ça. Surtout avec une mère adoptive, célibataire, fille de l'Est...

– Il vient d'où, votre gamin ?

– Du Mali. Grâce à mon métier, j'ai la possibilité de voyager pour pas cher. J'ai prospecté différents pays et suis tombée folle de Basile dans un orphelinat de Bamako.

– Vous n'avez personne de votre famille pour le garder ? Je croyais que vous étiez à moitié française.

– Ma mère l'était. Elle est morte quand j'étais toute petite. Je n'ai aucun souvenir d'elle. J'ai été élevée en Pologne.

– Votre français est impeccable. Tout juste le petit accent exquis des Leczinsky.

– Mon père m'a éduquée dans les deux langues. C'était un homme cultivé et francophile...

– Était ?

– Il est décédé il y a trois ans. Alors j'ai décidé de venir tenter ma chance à Paris. Vous connaissez la différence qu'il y avait à l'époque entre un zloty et un franc ? Un franc ! Maintenant on parle en euros, la Pologne entre dans l'Europe, j'ai un bon job, tout va bien.

Une lourde larme roule sur sa joue. Je l'efface d'un doigt patte de velours.

– Qu'est-ce qui va mal dans le tout-va-bien ?

Comme nous débarquons dans la rue de Dorota, une fourgonnette rouge stationnée devant chez elle démarre en trombe. Aubaine pour parquer mon bijou d'assaut.

Je manœuvre avec l'habileté que tu m'imputes, flagorneur ! Dorota laisse tomber son front contre ma nuque.

– Je me sens perdue dans un océan d'indifférence.

– Patience. Avec le temps, l'indifférence des autres devient un voluptueux cocon ; c'est même leur sollicitude qui vous pèse.

– Le temps ! répète-t-elle. Quand on est jeune, on a du temps, mais on ne prend pas le temps.

Jumeau de l'appartement de Blanche, celui de Dorota paraît plus exigu, vu qu'elle a installé sa piaule dans le living-room. Le divan encastré dans un cosy-corner et l'armoire de style Emmaüs bouffe la partie réception, limitée à un guéridon en pin, deux chaises de métal et un buffet Henri-kiki. La chambre est devenue le royaume de Basile. Elle déborde de jouets et de jeux auxquels le marmot ne s'intéressera pas avant son service militaire. La salle de bains a été transformée en nurserie avec table à langer à cheval sur la baignoire, pèse-bébé au-dessus du bidet. Et dans la cuisinette, oublie tes projets de marcassin grand veneur : chauffe-biberon, stérilisateur et moulinette à soupe la squattent tous azimuts.

Par bonheur, la mini-cuisine renferme un frigo nain, lequel recèle un freezer lilliputien qui lui-même contient une demi-boutanche de vodka au cul givré. Voilà bien appliqué le principe des poupées slaves. D'ailleurs, j'avais adoré *Quand se tassent les gigognes*, pas toi ?

Basile et moi biberonnons en duo. Lui son Guigoz, moi ma Zubrowka (pubs toujours gratuites, d'autant que je ne raffole pas du lait – si m'sieur Zubrowki n'a pas compris !). Posé sur l'une des chaises, j'observe d'un œil attendri comme un steak de cantine cette vierge d'outre-Oder allaitant le fils d'un roi mage.

Je suis fasciné par les jambes de rêve qui s'évadent de sa jupe de travail. Leurs pliage et écartèlement, au gré des remuances du bambin, m'offrent des perspectives déjà entrevues mais dont je ne me lasserai jamais. La culotte d'une femme désirée est comme Venise : on est de plus en plus émerveillé à chaque retrouvaille.

Torturé par sa ratiche naissante, Basile mordille la tétine sans rien ingurgiter, si bien que j'ai rincé mon glass avant qu'il n'ait avalé un milligramme. Dorota se lamente, je me ressers. Le portable vibre dans la fouille de mon bénard. Je louche pour voir d'où émane l'appel. Le nom de Marie-Marie s'inscrit sur l'écran. Elle me bigophone deux ou trois fois par semaine depuis la Suède pour me passer ma petite Antoinette. Presto je coupe la communication. Je rappellerai demain. Tu imagines que Basile se mette à bramer ? La Musaraigne penserait que je me suis mis en ménage et que je lui ai bricolé un chiard dans le dos. Alors que je suis là pour le boulot, hein ? Pour poser des questions et interpréter les réponses, tu es témoin ? Tu penses que je me laisse un peu aller à la douceur du moment, à la revigorance de la vodka et aux impulsions de mon calecif ? Tu me connais trop bien, c'est pas de jeu. T'as raison : posons des questions !

– Ils sont sympas, vos collègues, fais-je-tu pour amorcer la pompe à jacasse.

– Ça dépend.

– Ça dépend de quoi ?

– Des moments. Mathurin, il est rigolo, blagueur, dragueur. Ça amuse certaines clientes, mais, à longueur de journée, on finit par connaître son registre et à se lasser.

– Vous, Dorota, il vous drague ? supposé-je.

– Quand il a été engagé à la boîte, il y a quelques mois, je l'ai cru. Toujours des compliments, des mots gentils et même des fleurs de temps en temps...

– C'était plutôt agréable, non ?

– Un peu pesant. Un soir, il m'a invitée à dîner. J'étais persuadée qu'il allait tenter sa chance et j'étais bien décidée à le rembarrer.

– Il ne vous plaît pas ? Il est beau mec, pourtant.

Dorota fuit mon regard.

– Un peu jeune à mon goût, dit-elle en tournant la tétine du biberon pour en modifier le débit. Et puis je vous l'ai dit : je veux me consacrer à mon fils. Il n'y a pas de place pour un homme dans ma vie. Ce qui s'est passé l'autre jour entre nous...

– Donc, Mathurin vous emmène au restaurant, la coupé-je. Son attitude ?

– Surprenante. Il s'est comporté en copain, a accepté de partager l'addition et m'a raccompagnée sans me demander de lui offrir le dernier verre. Depuis, on sort régulièrement ensemble, on fait du sport, sans la moindre équivoque.

– Un parfait collègue de travail ! conclué-je.

– Oui, mais... il est un peu... casse-couilles, comme on dit en France. Il veut toujours avoir le dernier mot, sait tout mieux que tout le monde et prétend vous apprendre votre métier.

J'avale une lampée de vodka.

– Comment on dit casse-couilles, en polonais ?

– *Vkvrzasz mnie !*

– Imprononçable, mais poétique. Et Jean-Luc ?

Dorota affiche un sourire de mère comblée, son rejeton s'étant enfin décidé à picoler le brouet de lactose.

– Jean-Luc ? Une vraie peste. Il est menteur, truqueur, tricheur, mais il draine une riche clientèle homo et ça convient à la direction.

Le Basile, il est dur à la détente, mais faut le voir décrasser quand il s'y met. Son biberon émet un chuintement de paille dans un verre vide.

Comme s'il avait pris des cours du soir avec Béru, le noirpiaud balance un rototo de compétition qui enextasie sa môman. Dans quelques années, pour le même borborygme, elle lui filera une mandale, alors qu'aujourd'hui elle est plus fière que s'il venait d'intégrer Harvard. C'est quand même balourd, l'existence, quand on y songe.

– Jean-Luc, c'est pas un vrai pédé ! lance Dorota en se dirigeant vers la salle d'eau.

Je trottine derrière elle, les yeux rivés sur la sinusoïde décrite par son derche. Une variation du genre *y = sinus x* agite ma paire d'omégas.

– Qu'appelez-vous un vrai ou un faux pédé ?

Elle allonge le mouflet sur la table à langer, vire sa couche sale, le torche avec une lingette, lui tartine le fion de Mitosyl, le tout avec une dextérité qui filerait des envies de retraite à un prestidigitateur. Biologique ou adoptive, une mère reste un prodige d'attention et d'efficacité. Avant que les mâles soient capables de gestes aussi instinctifs, ils auront bousillé la planète et auront disparu comme les diplodocus, je prends les paris. Mais, après tout, qu'une espèce s'éteigne sous l'impact d'une météorite ou par sa propre connerie, ça change quoi ? Le seul truc vraiment tracassant, si les insectes deviennent un jour maîtres de la terre, c'est la difficulté qu'il y aura à traduire les San-Antonio en coléoptère. Déjà qu'en anglais c'est pas de la tarte !

– Je veux dire que Jean-Luc joue les efféminés, répond Dorota tout en emmaillotant son loupiot. Il fréquente les boîtes gay, racole des gens huppés pour leur vendre les voyages les plus chers. Mais il aime les femmes ! Je l'ai aperçu à la terrasse d'un restaurant en plein flirt avec une fille canon, et ça n'était pas un travesti, croyez-moi.

– Il est peut-être bisexuel ?

– J'en doute. Un détail ne trompe pas : quand parfois on se balade ensemble, c'est toujours sur les jolies femmes qu'il se retourne, jamais sur les garçons.

Je t'épargne la cérémonie du coucher de bébé, la mise en route de l'humidificateur d'atmosphère, l'empilage des peluches, le coin-coin de la girafe Sophie, l'installation des mobiles colorés au-dessus du berceau et l'allumage des veilleuses représentant différents personnages de Walt Disney.

Bonne pâte, le moutard s'endort paisiblement en suçotant sa tétine reliée à une chaînette de plastique pincée au col de son Babygros.

– Vous n'avez pas une petite faim ? s'enquiert Dorota, soulagée d'avoir accompli son devoir maternel.

– Pourquoi petite ?

– Je n'ai pas grand-chose, mais je peux préparer un *barszcz czerwony*, un potage instantané de betterave rouge. Avec un trait de vinaigre et de la crème, c'est pas mauvais.

– Bonne idée.

– Ensuite, une salade de chou rouge râpé au cumin, ça vous irait ? J'ajoute du concombre et des raisins secs...

Poussée par une tranche de pain noir et une chopine de bière aigre, cette dînette est beaucoup moins rébarbative que tu ne l'imagines. Chez les peuples habitués à crever la dalle, la cuistance ne brille jamais par son opulence, mais l'habile utilisation de condiments et d'aromates secourt la pauvreté des ingrédients.

Pendant que Dorota expédie la vaisselle – t'as idée de la journée d'une gonzesse, toi qui te coules les pieds sous la table, même les jours de

RTT ? –, moi je repense au pot de rillettes sur la marche de l'agence Opera Mundi.

L'assassin va de nouveau frapper, et très bientôt. Ma petit Polka a raison quand elle redoute d'être au centre de cette affaire. Une question me taraude l'esprit, mais je ne sais comment la formuler au mieux.

Elle ôte ses gants de caoutchouc, vient s'asseoir près de moi sur le divan, et pousse un interminable soupir.

– Vous avez vu ma vie, commissaire ! Croyez-vous qu'un homme puisse avoir envie de la partager ? De devenir le compagnon d'une femme qui ne s'accorde qu'une douche par jour et un footing par semaine comme unique loisir ? Envie de devenir le beau-père d'un négrillon de six mois ? Vous comprenez pourquoi, jusqu'à présent, j'ai repoussé toutes les avances ? Vous ne m'avez pas laissée finir ma phrase, tout à l'heure. Ce qui s'est passé entre nous l'autre jour, c'est différent : pour la première fois, je crois que je me sens bien avec un homme. Rassurez-vous, je ne m'immiscerai pas dans votre vie. Je n'espère rien de vous, à part un peu de bonheur et beaucoup de plaisir.

Elle s'accroche à mon cou et plaque ses lèvres contre les miennes. Nous échangeons un baiser que je ne vais pas te raconter en détail pour épargner tes coronaires, ton poignet et le drap du dessus. Sache néanmoins qu'on se gamelle jusqu'aux marges de l'asphyxie. Le temps qu'elle reprenne souffle, je la débarrasse de sa jupe, vire son collant, dézippe mon futal et contourne son string par l'ouest, là où y a du nouveau.

Cette fois, Basile pourra se mettre à gueuler, il ne perturbera pas les gémissements de sa daronne. On se la joue papa-mama, tranquilles, à la missionnaire. Juste avant d'envoyer les flocons, vieux réflexe, je m'apprête à me soustraire, mais tu n'ignores point l'incommensurable égoïsterie qu'on couve en notre sein, nous, les fumiers d'hommes. Je me rappelle que Dorota ne peut pas avoir d'enfants, alors à quoi bon gâcher un si grandiose panard en allant arroser les pâquerettes ?

Il a fallu virer le pèse-bébé pour accéder au bidet, mais bon, quand on est habile comme mégnace, ça reste un jeu d'enfant.

Outre les ablutions, Dorota et moi partageons les dernières gouttes de vodka, trinquons les yeux dans les yeux. Alors je me dis qu'il est féroce, le sort du héros récurrent, contraint de poursuivre son investigation contre pets et ma raie. Je dégage de ma poche l'enveloppe ayant contenu mille euros et libellée, t'en souviens-tu'l'z'en :

SAN ANTONIO
7 rue des ANGE**s**
92210 Saint **Clou***d*
J.O. *d'*ATHÈNES

– Voici la seule trace matérielle que nous ayons de l'assassin. Il avait déposé cette lettre dans la boîte aux lettres de Blanche. Elle porte mon nom, mon adresse et la mission qu'il lui confiait : attirer mon attention sur les futurs Jeux olympiques d'Athènes. Qu'en pensez-vous, Dorota ?

Tiens, d'habitude je tutoie les filles sitôt que je les ai calecées, me dis pas le contraire, ma belle. Pourquoi pas cette jeune Polonaise ? Trop de respect pour elle ? Un coup de flou dans le palpitant ? Ou parce que je la soupçonne de ne pas me dire toute la vérité ?

– Vous n'avez personnellement aucun rapport avec les JO d'Athènes ? précisé-je.

– Aucun ! affirme-t-elle.

Son regard me semble subitement fuyant. Elle achève son verre et se lève pour le porter à la cuisine. Je la retiens par le poignet.

– Vous me cachez quelque chose, Dorota !

– A quel propos ?

– D'Athènes.

– Non ! s'empresse-t-elle.

– Ou alors... des Jeux olympiques ?

– Vous pensez que ça peut avoir une importance ? chuchote-t-elle.

– Quoi ?

– Mon passé.

– Bien sûr. Parlez franchement, dites-moi tout, vous pouvez avoir confiance.

Elle se rassied, pose son verre sur la table.

– J'aurais dû participer aux Jeux d'Athènes...

– Dans quelle discipline ?

– Le pentathlon moderne.

Par crainte de briser sa confession, je n'ose lui avouer que j'ignore en quoi consiste le pentathlon moderne.

– Je représentais la Pologne, aux derniers JO,

à Sydney. Pour la première fois depuis près d'un siècle que la discipline existe pour les hommes, le pentathlon était aussi ouvert aux femmes. J'ai gagné ! Je vous jure que j'avais gagné...

Dorota éclate en sanglots. Une souffrance, presque une torture lui déforme le visage.

– Mais j'ai été déclassée, puis déchue et radiée ! C'est Stephanie, l'Anglaise, qui a obtenu la médaille d'or.

La manière la plus efficace de consoler une mousmée, tous les psys te le diront, c'est encore de lui faire penser à autre chose. Je glisse une paluche dans l'échancrure de son peignoir, lui caresse délicatement le creux de l'épaule, laisse serpenter mes doigts sur le galbe de son sein, jusqu'à ce que le médius s'attarde contre la praline ferme au centre de l'aréole. On ne s'en fout pas, d'attraper l'aréole, crois-moi ! En tant que bipède, j'ai la chance d'être également bimane, et je le fais savoir à Dorota. Comme elle n'est pas manchote non plus, sa menotte dévale le long de mon ventre ferme et velu (un petit coup de réclame ne nuit jamais). Mon soldat de bois à casque rose n'attend pas qu'on lui sonne l'appel aux couleurs pour se mettre au garde-à-vous. Cette fois, le pucier est bien trop loin ! Dorota se retrouve à plat ventre sur la table, les jambes dans le vide, mais soutenues au niveau des genoux par mes deux bras musclés.

Cette position, communément dite « brouette de Zanzibar », fut mise au point par ton serviteur vers les débuts de sa carrière d'étalon. Propre, efficace, permettant une connexion optimale, elle ne m'a jamais occasionné ni reproche ni demande d'échange standard.

Agrippée au rebord de la table, la belle subit mes assauts en bredouillant des mots en polonais, inintelligibles pris séparément, mais dont la lit(u)anie exprime une suppliante félicité...

Je me le suis déjà conseillé dans un ancien titre : *Fais pas dans le porno !* Alors, abrégeons. Nouveau petit tour au pèse-bébé, et nous retrouvons la conversation là où nous l'avions laissée. Modestie à part, je dois reconnaître que mon traitement de choc s'est révélé efficace sur le moral de Dorota.

– Vous avez été radiée pour dopage, n'est-ce pas ? ex-abrupté-je.

– Pour dopage, oui, admet-elle. Mais c'était injuste ! Je n'avais pris aucun médicament.

– A votre insu, peut-être ?

Dorota réfute énergiquement :

– J'avais vingt-quatre ans à l'époque, je n'étais plus une enfant, mais une athlète de haut niveau. Je surveillais tout ce que je mangeais ou buvais. Même un comprimé d'aspirine, je ne l'aurais pas avalé avant ou pendant une compétition.

– Alors ? Comment expliquez-vous cette mise à l'écart ?

– Je n'ai rien à expliquer. Il y a quatre ans, j'étais une vedette en Pologne. Aujourd'hui, je suis une petite employée en France. Et les Jeux d'Athènes se dérouleront sans moi. C'est comme ça : c'est moche, mais c'est la vie.

Elle paraît soudain très lasse.

– Il est tard, j'ai besoin de dormir. Vous voulez coucher là ? Le lit est petit, mais on se serrera.

– Je vais rentrer chez moi. Vous avez besoin d'une vraie nuit de sommeil. Vous connaissez mon numéro de portable. Au moindre souci, n'hésitez pas à m'appeler. Et, surtout, n'ouvrez à personne.

Dorota me dévisage avec inquiétude.

– Vous pensez que je suis en danger ?

– Non. Je pense que vous êtes UN danger. Je ne crois pas que l'assassin s'en prenne à vous, mais plutôt à ceux qui vous approchent.

Sur le pas de la porte, nous nous embrassons avec une fougue qui me ramène à mes premiers émois d'ado. Si des boutons d'acné viennent enfraiser tes joues, mon San-A, tu l'auras bien mérité !

Demeuré seul sur le palier, je jette un œil aux scellés apposés entre le chambranle et la porte de Blanche Hawaal. Ils sont intacts. Je reste immobile, les neurones emmêlés.

Tout a commencé ici par cette lettre à la voisine de Dorota, lettre qui m'impliquait directement dans les projets barbares du meurtrier. J'en suis convaincu, Blanche constituait l'intermédiaire préméditée entre Dorota et moi. Dans quel but ? Pour quelle obscure et morbide finalité ? La question posée à ma brave femme de mère concernant notre présence aux prochains Jeux d'Athènes n'était-elle pas une façon tortueuse de me mettre sur la piste des précédents Jeux de Sydney ? De m'obliger à établir la relation avec Dorota ? Mais pourquoi, pourquoi, pourquoi ?

Comme je m'engage dans l'escalier – ce qui tire moins à conséquence que de s'engager dans la police –, la lumière de la cage s'éteint brusquement.

Un pas se précipite à l'étage en dessous. Je tâtonne à la recherche de la minuterie. Ne la dégauchissant point, je m'élance dans l'obscurité et dégringole quatre à quatre les degrés. Décidément, l'endroit m'incite à la précipitance.

Lorsque je me pointe dans la rue, une fourgonnette rouge décarre à fond les manettes. La même qui était parquée devant chez Dorota, ce soir, lors de notre arrivée, et qui, déjà, avait mis les adjas.

T'agirais comment à ma place, Técolle, après avoir mémorisé le numéro de la tire ? Tu sauterais dans ton bolide et rattraperais ce véhicule suce-pet. C'est exactement ce que je ferais... si je n'avais paumé mes clés chez Dorota au cours de nos ébats.

17

Jogging

Quelle que soit l'heure, mon premier geste en arrivant à la maison consiste à vider mes poches sur la console de l'entrée. J'y dépose mon revolver, mon morlingue, le satané trousseau de clés, l'enveloppe de l'assassin, un paquet de Kleenex, le catalogue d'Opera Mundi et mon portable qui drelingue à cet instant précis.

C'est le service des immatriculations. Le planton m'informe que le numéro que je lui ai communiqué en fin de soirée correspond à celui d'une fourgonnette Fiat volée dans la matinée à un charcutier de Charenton.

A un charcutier ? Tiens donc !

J'accroche mon imper au portemanteau et gagne le salon où une lampe est restée allumée.

Son abat-jour moiré dispense un halo de lumière dorée sur la table basse. Je constate qu'un couvert a été dressé à mon intention et qu'une bouteille de Château Ferrande 2002, mon graves préféré du moment, piétine d'impatience dans sa corbeille d'osier. Un petit mot tracé de la main de Félicie m'informe qu'une portion de bœuf en daube m'attend à l'intérieur du micro-ondes. Je n'ai qu'à tourner la molette sur 2 minutes et à laisser faire la technologie en évitant de me brûler les doigts à l'extraction du plat.

Betterave et chou rouge ne représentant pas les deux plus belles mamelles de la France éternelle, je reste sur ma faim. Et si t'ajoutes les calories brûlées lors d'excrétions prostatiques à répétition, concède que j'aie encore les crocs.

« J'ai mangé, j'ai bu et je m'ai endormi », pour reprendre la célèbre phrase de Maurice César, le cousin de la bicyclette à Jules, çui qu'est jamais devenu empereur.

Je m'éveille en soubresursaut : double culbute dans mon calbute et c'est la chute au pied du canapute.

Première constat-à-où ? A-Sion, bien sûr : mon Alcatel chantonne hors de portée de mes tentacules. Seconde remarque : mon couvert a été desservi et une bonne fée m'a linceulé d'une chaude couverture.

Tu paries que ma brave Félicie de mère est venue vérifier mon somme ? Le jour où un ange pareil cessera de passer, il sera bien plus tard que 10 h 20, mon vieux, il sera la fin...

Tchaïkovski ! *Le Lac des cygnes*... C'est moi qui ai choisi pour signal cette musiquette synthétique.

Mon portable vient donc de m'arracher au sommeil avec la brutalité d'un tire-fesses. Je me dresse sur mes guiboles, zombize jusqu'à l'entrée, rafle mon biniou. *Too late*, mon pote. Le correspondant s'est lassé de tes tergivers-à-où ? A-Sion, encore une fois. Est-ce parce que ton être cher y a laissé filer sa vie que cette ville pataude du Valais t'obsède ? Ne réponds pas à cette question, écoute plutôt ta messagerie.

Je considère le 888 comme la plus belle invention, après le mutisme. Il permet d'écouter des gens sans avoir à leur répondre. Tu ingères leurs propos, les caillettes en ta besace, les digères dans les méandres de tes méninges. Et tu leur réponds quand tu veux !

Voix doulce qui ranime illico ma flammèche olympienne :

« Allô ! Bonjour, c'est Dorota. Je ne vous ai pas réveillé, j'espère ? Voilà... je voulais simplement vous dire que je préférerais ne plus jamais faire l'amour que de le faire sans vous. Il est 7 heures. Je vais déposer mon Basile chez sa nounou et je retrouve Mathurin au lac du bois de Boulogne pour notre jogging hebdomadaire. Merci de m'avoir regardée, de m'avoir écoutée et de m'avoir fait rêver. Je crois que je vous aime... »

Maman prévenant mes plus simples désirs, la cafetière vient automatiquement de se mettre en route dans la cuisine. Ça fait : « grroutch... brurerrrgggu... vvvrrrsszzvvvrr », comme en l'intestin de Béru au débotté de sa digestion. A part que ça sent robustement l'arabica torréfié.

Je me sers une tasse de caoua brûlant. L'amour d'une femme suffit-il à susciter la réciproque ? Probablement non. Si c'était le cas, je figurerais dans le *Guiness Book* des polygames.

La caféine rajuste subitement les fibres de ma gamberge : pentathlon moderne ! Je m'étais promis de vérifier ce que représentait au juste cette discipline olympique.

Le *Quid* répond à ma question : ensemble de cinq épreuves – penta égale cinq, pauv' pintade, t'aurais pu y penser ! – accomplies dans la même journée par un même athlète. Tir, natation, course à pied, escrime et cheval composent le programme des réjouissances.

Tu sélectionnes ton meilleur feutre et tu biffes avec moi. Pour commencer, le *tir* : Blanche et Athanase ne sont-ils pas morts par balles ?

Pour suivre, la *natation* : n'est-ce pas dans la flotte qu'Yann et Omar ont perdu la vie ?

Et la troisième épreuve, *course à pied* !

Le messsage de Dorota sur mon portable me remugle dans la tronche : « ... je retrouve Mathurin au lac du bois de Boulogne pour notre jogging hebdomadaire. »

18

Molosse

Chaque foulée lui maculait les tibias et les cuisses de la boue grisâtre du chemin. La terre mouillée crépitait de moins en moins dru sur ses jambes.

Inexorablement, les Reebok de devant s'échappaient.

Mathurin jeta un regard désespéré en direction des cygnes qui paradaient sur le lac, insensibles à sa souffrance. Il se demanda si ces palmipèdes géants ne pourraient pas être engraissés comme les oies et produire un foie gras gigantibus. Cette pensée lui souleva les tripes. Il cracha pour expectorer les miasmes de ses bronches surmenées.

Dorota lui avait pris dix mètres sur une simple accélération. Il essaya de s'accrocher mais ses pas s'engourdissaient, ses muscles se tétanisaient. Il regardait la championne s'éloigner majestueusement. Sa poitrine crachotait plus que la chaudière d'une vieille loco du Far West, mais Mathurin éprouvait une admiration sans limite pour sa rivale. Qu'une femme, son aînée par surcroît, le dominât, il ne pouvait le tolérer que de Dorota. Tout simplement parce qu'il l'aimait, qu'il l'aimait d'un amour pur et sans arrière-pensées.

La jeune femme venait de s'échapper au détour d'un bosquet. Mathurin modéra l'allure. Il fallait que ses pulsations cardiaques retrouv(ass)ent un rythme raisonnable, au-dessous des cent quarante battements-minute.

D'autant qu'il longeait sur cette portion du parcours la route ouverte à la circulation et les gaz d'échappement, c'est notoire, n'ont jamais favorisé l'oxygénation des poumons.

Alors qu'il commençait à reprendre haleine, Mathurin entendit un aboiement rauque dans son dos. Il se retourna. Un monstrueux dogue était lancé à ses baskets. Le garçon pressa la foulée. C'est fou comme les chocottes stimulent les muscles moteurs. Piquer un sprint après trois kilomètres de course langue pendante, il faut être salement motivé ! Mais le molosse gagnait du terrain. Sa gueule dégorgeait de dents et d'écume.

Mathurin se dit que sa survie passait par le lac. Il bifurqua sur la gauche, enjamba la grille symbolique délimitant les pelouses, se rua vers la pièce d'eau. Le dogue hésiterait peut-être à le suivre dans la baille ? Déjà l'animal le rattrapait. Il sentait son souffle chaud sur ses talons. Les crocs allaient se planter dans ses mollets lorsqu'il plongea dans l'étang. Un tourbillon plus tard, il sortit la tête de l'eau pour voir avec effroi le fauve lui bondir dessus.

Un coup de feu claqua. Le crâne perforé par une balle, le molosse s'abattit, inerte, sur Mathurin.

⁂

Je tends la main au jeune homme pour l'extraire des eaux gadouilleuses du lac.

– Vous, commissaire ! fait-il, ébahi.

Eh bien oui ! C'est moi ! L'homme qui tombe à pic et plus souvent à cœur, alias ton San-A réputé bien-aimé.

Abandonnant son poupon dans le landerneau, une nurse anglaise pratique le bouche-à-bouche à Mathurin, avec la langue, et tout en s'assurant que ses roustons n'ont pas pris l'eau. La miss ressemblant à Charlotte Rampling quand elle avait l'âge de Jane Birkin quand elle avait l'âge de ses filles, l'employé d'Opera Mundi se laisse ramoner les sinus et malaxer les aumônières en chiquant les grands noyés.

Un livreur d'orchidées et un promeneur à orchite m'aident à ramener le cadavre du chien sur la berge. Je déteste flinguer les bêtes, peut-être encore plus que mes congénères, m'enfin, y a des cas-z'où...

Je remarque tout de go la capsule métallique accrochée au collier du défunt molosse. Je la dévisse et en dégage un fin rouleau de papelard. Il ne s'agit pas du nom du bestiau ni de l'adresse de ses maîtres, mais d'un message que je commence à bien connaître :

Il était l'indice
Qui sera la cible ?

Cette fois, l'indice est vivant. Et bien vivant, même, vu que la bonne d'enfant british vient de lui entonner la respiration artifessière sous le niveau de la ceinture.

L'homme aux orchidées et Mongolburnes m'entraînent vers la chaussée où ma Porsche, arrêtée de traviole, perturbe la circulanche. Ce n'est pas ma guinde qu'ils me désignent, mais une fourgonnette Fiat rouge gentiment parquée dans la contre-allée.

– Le chien est sorti de ce véhicule ! assure le fleuriste qui ne livrera jamais Miss Blandish pour respecter le vœu de James Hadley Chase.

– Véridique ! J'l'ai vu, confirme celui qui devrait transporter ses burettes dans une brouette. Il a jailli du hayon arrière.

– Qui lui a ouvert ? questionné-je.

– Personne ! La porte s'est soulevée toute seule.

– Exact ! Juste au moment où le jeune garçon passait.

J'inspecte le véhicule. Inutile de te préciser

qu'il s'agit bien de celui qui rôdait cette nuit devant chez Dorota. Tu seras en revanche curieux d'apprendre que l'ouverture du hayon a été déclenchée par un système à ondes courtes. Le type pouvait être planqué dans une autre bagnole et commander à distance la libération du chien à l'instant où il le souhaitait.

Farfadingue et bricoleur, l'assassin !

Petit à petit, la foule se disperse, la nymphowoman récupère son petit Lord, Mathurin ses esprits. Le tour du lac accompli, Dorota radine de sa somptueuse foulée.

Je la mets au parfum des avanies de son collègue.

– Mon Dieu ! Mais il t'a déchiqueté le col et la braguette ! fait-elle, épouvantée.

– Ça, c'est pas le chien, mais une secouriste. Rassure-toi, je n'ai pas une égratignure. Le commissaire m'a sauvé la vie !

J'attrape les deux jeunots par le cou.

– Vous allez rentrer chez vous et vous barricader jusqu'à ce que je vous autorise à sortir, compris ?

– Impossible ! objecte Dorota. Mathurin, OK, il a une excuse. Mais moi, si je ne suis pas à 10 heures à l'agence, je risque de me faire virer. Je ne crains rien de plus au boulot que chez moi, non ?

– D'accord. Je vous dépose.

Un car de bourdilles alertés par la rumeur rapplique caïn-cahors. Je commande au maréchal-délogé de s'occuper de la fourgonnette, d'évacuer la carcasse du clébard et de déposer Mathurin à un taxi.

– Et la Porsche Cayenne, là, on l'embarque en fourrière ?

19

Shampooing

– Allô, Pinuche ? Mon fils est là ?

– Non, voyons, tu le sais bien ! Aujourd'hui, il est en stage avec Jérémie, lui pour sa promotion de capitaine, Blanc pour préparer le titre de commissaire. Quand il est retourné au Sénégal, tous ses grades français ont été annulés. Bien sûr, en tant qu'ancien ministre de son pays, il conserve des appuis, mais il faut admettre qu'il est noir, et si je te disais qu'encore aujourd'hui certaines personnes haut placées...

– Tu me le diras plus tard. Préviens Amélie que je lui envoie une fourgonnette et un cadavre de chien à passer au peigne fin. Empreintes dans le véhicule, digitales et génétiques, identification du molosse et de son maître, si possible. Passe-moi Béru.

– Béru ? Voyons, il est de congé, comme tous les...

J'ai déjà raccroché. L'appart du Gravos sonne à vide, mais son répondeur tonitrue qu'il se trouve présentement avec sa chère et tendre épouse chez Alfred, lequel inaugure son salon de coiffure rénové. Chiasse ! Le bigophone du pommadin est occupé ou mal raccroché.

Passer par chez lui ne constituant pas un gros détour, je rétrograde, écrase du pied l'accélérateur. Un chauffeur de taxi qui s'apprêtait à me doubler se retrouve seul comme un con sur la file de gauche.

Tu dois me trouver bien speed, pour l'heure, mais suis mon raisonnement : l'assassin bute ses victimes en respectant le rituel du pentathlon moderne cher à Dorota. Les deux premières ont subi l'épreuve du tir, les deux suivantes sont mortes en nage. Nous en sommes à la course à pied. Mathurin, l'indice, a survécu grâce à un miracle auquel je ne suis pas étranger. Le meurtrier sait-il qu'il vient d'échouer pour la première fois ? Qu'importe, il va s'en prendre maintenant à la cible.

En accompagnant Dorota à son agence, je lui ai demandé quelle personne, dans son entourage, incarnait le mieux la pratique de la course à pied.

Elle n'a pas hésité :

– Guy Booll, mon préparateur physique. C'est le meilleur spécialiste du demi-fond. On le voit souvent comme consultant sur France 3 avec Bernard Faure et Patrick Montel.

– Vous travaillez souvent avec lui ?

– Deux séances par mois. Plus des stages intensifs pendant mes vacances. Le 3 000 mètres est la clé du pentathlon. Si un jour ma suspension est levée, j'aimerais pouvoir tenter à nouveau ma chance et décrocher la médaille qui me revenait.

Renseignement pris, ce Guy Booll, belge par inadvertance, exerce son talent au stade Léon-Charlaix, au sud de Paris, non loin de la Cité universitaire.

Ne ferait-il pas une victime de choix ?

Dorota a réussi à le joindre et à me caler un

rencard avec lui à 11 h 30 en ses bureaux du stade.

J'ai besoin du Mastard pour assurer mes arrières, car je renifle un coup fourré de première bourre.

Je me gare devant le salon d'Alfred. La devanture a été repeinte en rose et des rideaux de tulle noir empêchent le regard de plonger à l'intérieur du magasin.

Plus de bec-de-cane, mais un bouton d'interphone que je presse d'un pouce nerveux.

– Nous sommes complets pour l'instant, annonce la voix feutrée du merlan. Prenez rendez-vous par téléphone.

Il me raccroche au blair. J'appuie derechef sur l'air de tagada tsoin-tsoin.

– Je vous ai dit que...

– Commissaire San-Antonio ! Il faut que je voie Béru.

– Pardonnez-moi, cher Antoine. Soyez le bienvenu.

Un grésillement et la porte s'entrouvre. Elle ne débouche plus sur le magasin, mais sur un tambour tendu de velours rouge. La lourde se referme automatiquement derrière mon dos.

J'écarte la tenture et me retrouve dans une espèce de bonbonnière évoquant davantage un claque des années vingt qu'un salon de coiffure : miroirs biseautés, canapés recouverts de soie, gravures galantes aux murs, lumière tamisée et musique d'ambiance.

Que je te décrive la scène offerte à mon regard éberlué, mon beau lapin : dans un angle de la pièce, jaquette blanche et nœud papillon rose, Alfred est en train de fairer un shampooing à un élégant mec grisonnant, genre pédégé du CAC 40. Jusque-là, rien d'ébouriffant ; sauf que le notable a posé son pantalon, que Berthe Bérurier, en guêpière et bas résilles, est agenouillée à ses pieds et qu'elle lui interprète *Les Oignons* à la clarinette baveuse.

Dans un autre coin de la pièce, une jolie femme ayant sauté la margelle de la quarantaine, à en jauger par l'opulence de ses hanches, est installée sous un casque de séchage. Pour tout vêtement, elle porte un soutien-gorge de dentelle noire copieusement garni. Ses pieds, largement écartés, reposent chacun sur un petit tabouret à coussinet de satin. Vautré entre ses cuisses, Béru lui broute la minouche avec opiniâtreté, sans oublier l'accompagnement du médius à l'orée du col de la Turbie.

Devant ma médusance, Alfred juge bon d'éclairer ma lanterne :

– Mes affaires périclitaient. Mon ancien shampouineur grec m'attirait tous les michetonneurs du quartier qui me payaient le jour des Rameaux avec des chèques en buis. Alors j'ai eu l'idée d'un salon vraiment chic, réservé à des gens qui ne comptent pas et apprécient les prestations de qualité. Quoi de plus fastidieux que se faire couper les cheveux, rester immobile, se taper la conversation du taulier ? Je me suis dit qu'une turlute ou une minette prodiguées par des professionnels de la profession permettraient aux clients de passer un délicieux moment tout en sacrifiant à une corvée inéluctable. Je pratiquerai moins de coupes par jour, mais elles seront plus chères et pleines d'agrément. Chacun s'y retrouvera.

« Berthe ayant été virée comme une malpropre par sa société de sondages, je ne pouvais que lui tendre la main. Et puis vous la connaissez, c'est une femme qui met du cœur à l'ouvrage...

Pour preuve de ses dires, le pédégé shampouiné pousse une beuglante de cerf s'étant coincé les balloches dans un buisson de houx. Durant ce brame interminable, Bertaga l'éponge jusqu'à la dernière gouttelette.

Elle se pourlèche les babines et s'approche de moi, l'œil encore plus luisant que la lippe.

– Une petite coupe, commissaire ? C'est ma tournée.

– Sans façon ! Mes cheveux sont assez courts, merci ! repoussé-je l'offre. Mais le Gravos, avec ce nouvel emploi, il va larguer la police ?

– Pas question ! réfute la Baleine. Il viendra nous donner un coup de langue ses jours de r'pos. L'reste du temps je ferai z'aussi les dames.

– Justement, vous ne pourriez pas le remplacer, là ? J'ai besoin de lui, et ça urge !

– Inutile, ma'ame la comtesse est au bord du fade. R'gardez comme elle s'agitre, 'va pas tarder à gémisser !

En effet, la cliente de Béru se met à gigoter en tous sens en poussant des cris de truie égorgée.

L'Ogresse rajuste un balconnet dont un nibard étoilé de couperose et zébré de veinules bleu myrtille prétend s'évader. Elle vote un regard admiratif à son homme.

– A la menteuse, l'est imbattab', mon

Alexandre. Ses coups de panais su' l'berlingot, ça vous ramone jusqu'à la glotte. On a comme la chatte en feu.

Les hurlements de la patiente s'intensifiant, je désigne le casque dont s'envole une épaisse fumée roussâtre.

– A mon avis, c'est pas sa chatte qui est en feu, diagnostiqué-je, mais ses cheveux !

20

Marteau

– Faudra pas s'étonner si qu'on ramène des clopinettes cintrées des prochains GO ! R'garde-moive ça : en pleine année olympine, y a pas trois pégreleux qui s'entraînassent sur c't'estadium ! se lamente Béru. C'est triste d'voir la jeunesse d'son pays se barrer en sucette ! Tout c'qui les intéresse d'nos jours, les jeunots, c'est les cons-puteurs, les cons-soles et les jeux vides-et-hauts. J'm'ai essayé a'ec mon Apollon-Jules sur sa Nick-tant-d'os. S'agit d'flinguer des monstres vit-truelles, comme il dit. Y m'bat à plâtre-coupure. Forcément, moi, quand j'me chicorne, c'est pas pour d'la rigolade. L'jour qu'ils vairont pisser du vrai raisiné, ça va leur faire tout drôle, à ces freluquets. Le sport, nous, dans l'temps, c'était quasiment sacré ! Moi, pour pas m'citer, au bistro où j'm'entraînais, personne pouvait m'prendre au baby-foutre, au pari urbain, aux tarots, au quatre-cent-vingt-et-un ou à la picol's dames. J'avais d'jà le sens de la patrie. N'aujourd'hui, heureusement qu'on a les bronzés pour nous sauver la fesse ! J'le dis pas d'gaieté d'cœur, mais sans euces, on passerait pour les lavedus internationalaux d'la compète. Parole !

Le stade Léon-Charlaix baigne en effet dans une intense torpeur. Dans la ligne opposée, trois types en survête ont disposé quelques haies qu'ils sautent à tour de rôle en comptant leurs foulées, presque en les économisant. Un vieil employé ratisse le sable du sautoir devant lequel une grande bringue s'échauffe sans conviction, étirant des jambes sans fin à la jonction desquelles on ne suppute rien d'affriolant. Dans la cage du lancer, une fille baraquée comme la statue de Balzac du métro Varenne papote avec son entraîneur, un marteau à la main.

Les gradins déserts constituent un spectacle angoissant. Un stade vide semble peuplé de fantômes. Chaque siège vacant raconte une absence. Remarque, dans des pays que je n'ai pas besoin de te dénoncer, on a vu aussi des stades entiers emplis d'hommes et de femmes au destin bien plus tragique encore. En fait, c'est quand la foule enthousiaste y exécute la ola qu'un stade résume le mieux la condition humaine. A l'instant où il se soulève et tend les bras au ciel, chacun vit une extase absolue et oublie, une fraction de seconde, combien il se fait chier le reste du temps.

Nous nous dirigeons vers la lanceuse de marteau. Je ne tarde guère à reconnaître Mélissa Mottebrune, notre championne nationale. Elle porte le survêtement de l'équipe de France, ornée du coq emblématique.

John Hammer, le célèbre coach gallois de la vedette, n'apprécie guère notre intrusion.

– Vous n'avez rien à faire ici ! me lance-t-il d'un ton rogue à peine atténué par son british accent.

Combien de fois au cours de ma brillantissime carrière ai-je dû dégainer ma carte de poulaga ? Tiens, en voilà un joyeux exercice pour toi, mon prétendu exégète : recense le nombre d'occasions où j'ai accompli ce geste, depuis *Réglez-lui son compte* jusqu'à ce *Silence des anneaux* inclusivement. Te voilà de longues soirées de compile en perspective ! Si ta greluche se pèle pendant ce temps, envoie-la-moi, on fera le décompte des souris que j'ai tirées. Je suis sûr que ça va la passionner encore plus mieux davantage.

– Commissaire San-Antonio. Je viens voir Guy Booll. Savez-vous où je pourrais le trouver ?

– Dans son bureau, *probably*. Vous descendez par la fosse d'accès aux vestiaires ; en bas à gauche, il y a un escalier. Vous montez trois étages, vous suivez la coursive *on the right*, vous redescendez quelques marches sur la gauche, puis vous prenez le couloir central ; *then*, vous verrez un ascenseur, s'il fonctionne, vous appuyez sur le bouton du dernier niveau. *After*, c'est un peu plus compliqué...

– Je suis très pressé, Mister Hammer. Si vous pouviez me conduire, on gagnerait du temps...

– Je ne souis pas le gardien du stade ! rebuffe-t-il, forçant ses inflexions rosbeef.

– Je me permets d'insister.

Il affiche un sourire redondant de dents phénoménales.

– Il est vrai que, contrairement à chez nous, vous êtes armés, alors je ne pouis pas refiouser si je tiens à la vie.

Il me claque familièrement l'épaule.

– *It was a joke, of course à pied !* Suivez-moi...

Il s'adresse à sa pouliche.

– Toi, Mélissa, tu travailles ta rotation ! Tu dois gagner deux centièmes de seconde sur trois tours, OK ?

– On va essayer, m'sieur John ! fait humblement la martobole.

A mon tour de donner mes directives :

– Alexandre, tu restes sur le stade et tu attends mes instructions, d'accord ?

Tout juste s'il me grommelle un assentiment, le Mastard, tant il est subjugué par Mélissa Mottebrune.

Je m'éloigne avec le Gallois. Béru fourrage dans ses poches et finit par y débusquer un reliquat de papier-cul et un manchon de crayon-mine.

– Vous pouvriez m'faire une p'tite dédicrasse pour mon fiston Apollon-Jules, m'zelle Mottebrune, c'est un fana du marteau, de la faucille et du disque-au-bol.

L'imposante prodigesse s'exécute, émue par tant de prévenance. Sa Majesté en profite pour accentuer son gringue :

– Si je vous dirais qu' j'ai jamais rencontré

une femme aussi tellement séduisante que vous d'puis mes épousailles a'ec ma Berthe ! J'pige pas c'qu'on trouve aux taupes modèles qu'ont vot' taille mais z'une maigritude de tiers-monde ! Vous, mon p'tit cœur, r'présentez l'idéal fait-minette, avec vot' gabarit de catcheuse, vot' cul plus large qu' la porte de Branle-bourre, et cette paire de loches qu'on d'vine compressée par un bandage herniaire, mais qui d'mande qu'à s'épanouir comme un potimaron ! Et quand je voye tournoyer vot' marteau, j'pense surtout à votr' enclume qui doit z'être fendue juste à point pour mon ouvrage de forgeron.

***

John Hammer triture la poignée de la porte.
– *It's closed !* Il n'est pas là.
– J'avais rendez-vous avec lui.
– Il aura oublié votre *appointment.*
– Vous avez une clé de son bureau ?
– *Certainly not !*

– Moi, si ! dis-je en faisant clinquer mon sésame.

Il me regarde trifouiller la serrure, aussi choqué que si je lui glissais trois doigts, dont deux dans les narines.

– Est-ce vraiment *correct* ?

– Correct, non, mais indispensable.

Comme tous les substantifs féminins, communs ou propres (voire un peu cochons), la porte cède à mes instances. Le bureau de Guy Booll est inoccupé. Sur sa table de travail, un écran d'ordinateur en veille laisse défiler des images 3D d'athlètes au sommet de leur effort.

– Je vous l'avais dit, rouscaille le *king* du marteau. Il est absent.

Je lorgne ma tocante : 11 h 30 recta. Je déteste les lapins. Dans mon job, ils fleurent souvent le civet. Un bourdonnement dans une pièce voisine capte notre attention. On croirait le zonzon d'un aspirateur pompant le vide.

– Ça vient de sa salle d'entraînement, détecte John Hammer.

Il pousse une porte capitonnée. C'est bien de là que provient le ronronnement. L'endroit est meublé pour l'essentiel d'agrès et d'engins de musculation. Au centre de la pièce, un appareil de simulation à la course fonctionne à plein régime. Le tapis roulant se dévide à grande vitesse, entraînant les pieds d'un homme ligoté par les mains aux poignées de la machine.

– *My God!* C'est Guy..., jette Hammer, la gorge nouée par l'effroi. (Tu vois que je sais faire dans le genre qui fait peur !)

La tête et le buste ployés en avant, les jambes tressautant au rythme de l'engin, le corps de Guy Booll n'est soutenu que par les puissants autocollants qui lui maintiennent les poignets.

– Il est mort ? chuchote le Gallois.

– Plus encore que le soldat de Marathon. Vous savez arrêter cette bécane ?

Hammer actionne un levier et le home-trainer se fige. Je peux alors observer le défunt. Cheveux poivre et sel, bouc taillé au cordeau, type athlétique mais longiligne, plutôt beau gosse... mais il est un peu tard pour s'attacher à lui. Il arbore un costume de ville peu en rapport avec l'activité à laquelle il se livrait.

Non dépourvu d'une lointaine parenté avec Sherlock Holmes, le British tire la conclusion qui s'impose :

– On l'a assassiné !

– Tout porte à le croire. Quelqu'un l'a neutralisé, l'a entravé, puis a réglé l'engin au maximum pour lui provoquer un arrêt cardiaque..., déducté-je.

– *Impossible !* (Je l'écris en italique because John, en causant, a prononcé le mot en angliche : im-po-si-bol.)

– Pourquoi ?

– Guy pouvait courir deux heures d'horloge sans malmener son système circulatoire. Sa résistance était légendaire.

– Un infarctus, une rupture d'anévrisme, ça arrive aux plus costauds...

Il ramasse une seringue et une fiole abandonnées dans une poubelle.

– Surtout quand ils sont provoqués par une injection d'éphédrine. Regardez...

– Je croyais au contraire que l'éphédrine soutenait le cœur ?

– A dose modérée, c'est même un *doping* efficace, mais injectée en masse elle provoque un arrêt cardiaque quasi instantané.

Un claquement de porte métallique dans les profondeurs du bâtiment me fait dresser l'oreille gauche. L'œil droit scrute à travers la baie. Je remarque un individu en survêtement noir capuchonné qui dégringole les gradins avec une agilité de félin. S'il m'en faut retourner par où je suis venu, le type aura quitté l'enceinte avant même que je sois rendu au rez-de-chaussée.

Il va débarquer sur le terrain du côté opposé à Béru, toujours en madrigal avec la marteleuse. J'essaie d'ouvrir la fenêtre, mais elle est condamnée pour cause de climatisation.

Alors j'aère l'ami tu-tues et tire dans la vitre qui explose mieux qu'un pare-brise sur une départementale récemment gravillonnée.

– *You're a crazy French !* beugle John Hammer en s'époussetant des bris de sécurit.

– BÉRU... ! hurlé-je à m'en faire péter le larynx, le pharynx, le lynx, le sphinx et l'ornithorynque. Tu gaules le mec en noir !

*
* *

D'une ultime cabriole, le fuyard venait d'atterrir sur la piste. Un sprint et il atteindrait la sortie du stade. Au-delà l'attendait le boulevard extérieur, la foule, la bouche du métro.

Le Gravos pigea tout de suite qu'il ne serait pas assez véloce pour rattraper le *man-in-black*. Alors germa en sa hure un projet parfaitement foldingue. Il arracha le marteau des mains de Mélissa Mottebrune, pivota cinq ou six fois sur lui-même (il avait vu faire la belle), et largua l'ustensile et se déchirant les cordes vocales et la couture médiane du slip.

Le marteau fulgura dans le ciel du stadium en tournoyant et vint s'écraser à vingt mètres devant l'homme en fuite.

– Raté ! gronda Béru, voyant disparaître sa proie.

*
* *

– Raté ? s'exclame John Hammer en compagnie duquel je viens de rejoindre le Mastard sur la pelouse.

– Ben oui ! fait piteusement mon adjoint. Le mec s'est évaporé !

– Raté ! répète l'entraîneur gallois. Mais vous venez de lancer à plus de 130 mètres ! Le record du monde est pulvérisé ! Avec un marteau féminin, certes, mais trois mois de *training* et vous allez décrocher la médaille d'or à Athènes !

Les bajoues de Sa Majesté se mettent à trembloter.

– Vous v'lez dire... une vraie médaille pas en chocolat, a'ec le drapeau qui flotte, *La Marseillaise*, la téloche et tout le toutim ?

– Montez à mon bureau, je vous délivre *immediately* votre licence. Si vous préférez, en deux heures je vous obtiens la nationalité britannique.

Béru ne peut réprimer un haut-le-corps.

– Ah ça non ! Entendre claquer l'*Oignon-de-Jacques* et jouer le *Gode-shave-the-gouine*, jamais ! Mais, pour la France, je suis prêt z'à tous les sacrifices...

21

Catalogue

Assis les bras croisés devant une assiette vide et un verre d'eau minérale non gazeuse, Béru fredonne en sourdine, regard figé sur la ligne bleue du plafond de la salle de restau. Il me semble détecter entre ses lèvres des flonflons de *Marseillaise.* Il monte légèrement le niveau sonore.

– *Allons z'enfants de la patriiiiiieeee, na ni nana na ni nanère...* Bon, l'premier couplé, j'lai à peu près dans l'ordre, mais ensute, j'patauge. Y'a pas un truc dans l'genre :

Nous défoncerons la barrière
Tant qu' les péages nous feront chier
On leur pétera la charnière
A tous ces fumiers d'étrangers
A tous ces... é... fumiers d'étrangers

– Vaguement, admets-je, la virulence et la xénophobie y sont. Mais pourquoi révises-tu notre hymne national ?

– Je répète.

– D'habitude, tu re-pètes...

– J' m'imagine su' la première marche du pogrom de l'Olympia. Tout' les caméras du monde sont braquemardées sur mégnace en gros plan. J'aurais l'air d'un branque si j'saurais pas chanter *La Bordelaise...*

– *Marseillaise !*

– S'cuse, j'ai confondu a'ec la sauce, rapport à mon régime qui m'ramone l'estogome et m'ravage l'emmenthal... pardon, j'voulais dire : le mental.

L'arrivée de Pinaud et d'Amélie met provisoirement fin à la dépression gastrique du Mastard. Ils prennent place à nos côtés. Aussitôt, Maumau, le patron de l'estanco à couscous, se précipite vers notre table.

– Salut, les amis ! Vous êtes au complet ? Fiston et grand Black bouffent chez Lasserre, ce midi ?

– A la cantoche, réponds-je, ils sont en stage.

– Bon, allez, je prends la commande, la cuisine va bientôt fermer. Sans mauvais jeu de mots : vous êtes à la bourre, les bourres !

Ma future belle-fille choisit des côtes d'agneau grillées avec un peu de semoule, Pinuche l'imite et moi itou.

– Tu m'prépares des carottes râpées, lance solennellement le Gros, sans huile, a'ec juste un p'tit jus d'citron ; pas traité et bio, s'te plaît, l'citron !

La mâchoire du taulier se décroche sous l'effet de la stupeur.

– Tu t'es enfin décidé à faire un régime ?

– Oui, môssieur.

– A cause de tes analyses pourries ?

– Mes analyses n'sont pas pourrites, elles sont japonaises, rectifie Sa Majesté. J'viens d'êt' engagé dans l'équip' de France des marteaux, alors j'soigne ma forme.

– En équipe de France ! s'emmerveille la Vieillasse, déjà la larme à l'œil. C'est formidable ! Mais...

– Mais quoi ?

– Le lancer du marteau nécessite de la force, de la puissance, du volume, et ce n'est pas avec des carottes râpées que tu développeras ces facultés...

Alexandre consulte Amélie, la médicale du groupe, d'un regard regorgeant d'espoir.

– L'inspecteur Pinaud a raison, monsieur Bérurier. Vous avez besoin de calories, de vitamines, de sucres lents.

Le Gravos s'humidifie de la cave au grenier. Son minois de phacochère dégouline de reconnaissance. Il se dresse et dépose un bécot poisseux sur le front de la jolie rouquine.

– C'est beau, la science ! lâche-t-il, rasséréné. Maumau, tu vas me faire marcher un royal a'ec double ration de merguez, t'ajout'ras une tajine d'mouton aux pommes de terre, et une pastilla de pigeonneau, l'temps d'patienter. Pour faire glisser, tu m'mettras une boutanche de boulaouane, ou un sidi-brahim, ou plutôt les deux, j'sais jamais l'quel que j'préfère.

Avec des allures de prélat s'apprêtant à consacrer l'hostie, il fourre un coin de sa serviette dans le col de sa limouille et joint les deux mains devant son visage rougeoyant d'extase à venir.

– Alors, on en est où ? demandé-je à cramechemise (brûle-pourpoint, c'est du passé).

– Pas très loin ! avoue honnêtement Amélie. Commençons par la fourgonnette rouge. J'ai découvert de nombreuses empreintes superposées et confuses à l'intérieur, mais rien sur le volant ni sur la boule du levier de vitesses. Le dernier conducteur les a effacées, ou il portait des gants. Des traces de sang, aussi, sur la plate-forme arrière, mais toutes porcines.

– La camionnette appartenant à un charcutier, c'est normal, commente mon Lapinaud. Le propriétaire est hors de cause : il était au bistrot avec deux autres commerçants lorsqu'on lui a tiré son véhicule.

– J'ai également trouvé des poils de chien, poursuit Amélie.

– Celui que j'ai repassé ?

– Sans aucun doute.

– Des détails sur ce bestiau ?

– Un grand dogue, mélange de plusieurs races et non tatoué, ce qui rend quasiment impossible son identification. A tout hasard, j'ai fait transférer sa carcasse aux services vétérinaires de la préfecture.

– En effet, c'est maigre, déploré-je.

Miss Mathias ouvre son sac à main, étale

comme un jeu de cartes une série de photos sur la table. J'y jette un œil aigu : il s'agit de clichés mal cadrés montrant des perspectives de rues avec des passants qui passent. Rien que de très ordinaire.

– Ce sont les toutes première prises de l'appareil de Blanche découvert par Mme Bérurier dans son casier de l'IMSUS.

– Oui, Antoine m'en a déjà parlé. La fille s'exerçait à l'utilisation de son numérique.

– Observez-les bien, Patron, insiste Amélie en me tendant un compte-fils de photographe. Vous ne remarquez rien ?

J'aiguise mon attention, l'œil rivé sur la mini-loupe. Il ne s'agit pas de passer pour un ramolli du bulbe auprès de ma presque bru. Très vite, je note que sur toutes les photos, pourtant shootées dans des artères différentes, on aperçoit le même individu parmi les badauds. Le personnage est pris de loin, tronqué ; jamais on ne distingue sa tête, toujours masquée par un premier plan. Pourtant, son imperméable, plus clair que la grisaille moyenne, le distingue pour qui sait se servir correctement de son nerf optique.

– On dirait qu'un type suivait Blanche.

– Ça m'en a tout l'air, acquiesce Amélie. Elle l'a photographié par hasard en essayant son appareil.

– Il ne nous reste plus qu'à arrêter tous les hommes qui portent un imper ! rigole Pinuche.

– Dommage qu'on ne voie pas sa tête, soupiré-je.

– On la verra peut-être, fait-elle, énigmatique. Sur ce tirage, le visage de l'individu n'est pas visible, mais il se reflète dans la vitrine d'une boutique. Précisément... là !

– Même à la loupe, je ne vois rien de précis.

– Moi non plus. Mais j'ai transmis l'original numérique aux RG. Ils ont à leur disposition un nouvel ordinateur qui permet d'incroyables agrandissements selon un procédé de pixellisation abortive. Espérons !

– Vous êtes vraiment aussi efficace que votre père, Amélie, la complimenté-je.

– Comme votre fils l'est autant que vous, dit-elle avec un sourire faussement candide.

Maumau dépose nos frichtis sur la table. Béru se rue sur sa porcif. En un éclair la dune de couscous est aplanie, le monceau de barbaques cannibalisé, une première fiasque de rosé asséchée.

– J'ai convoqué Dorota au burlingue en fin d'après-midi, rattaqué-je. Elle s'appelle Kassetewska ou Kassetewski, du nom de son père. Elle est polonaise et a participé en 2000 aux JO de Sydney. Je veux tout savoir sur le passé de cette fille, Pinuche. Je suis sûr qu'elle est le pivot de l'affaire...

Je me tais, car quelqu'un d'inattendu vient de faire son apparition dans la casbah. Une femme d'un certain âge et même d'un âge certain, élégante, discrète et douce. Une femme pour qui j'ai plus d'amour que mon cœur n'en peut contenir. Je me lève et vais à sa rencontre.

– Maman ! Comment se fait-il ?

– A ton bureau, on m'a dit que je te trouverais ici, murmure ma tendre Félicie.

– Un problème ? m'inquiété-je.

– Aucun, rassure-toi.

Je m'empare de sa main et la porte à mes lèvres. Pourquoi le temps rend-il la peau des meubles si douce et celle des vieillard si rêche ?

– Tu veux manger un morceau avec nous ?

– Non, non, mon petit, s'effarouche-t-elle, j'ai déjà déjeuné, et puis un taxi m'attend devant la porte.

Elle adresse un petit geste affectueux à la tablée. Pinaud incline respectueusement la tête. Amélie vient embrasser celle qui va devenir sa nouvelle mamie. Quant à Béru, il lève son verre et trinque en notre direction.

– A la bonne vôt', ma'ame Félicie ! C'est rare qu'vous quitassiez vot' banlieue. Rien d'cassé, j'espère ?

– Tu ne veux pas t'asseoir un instant, maman ?

– Sans façons. Je suis juste venue t'apporter ça...

Elle me tend la lettre adressée par l'assassin à Blanche. Avec une sourde angoisse dans la poitrine, je m'empare du document que j'avais laissé traîner sur la console. Quelle idée ma brave femme de mère a-t-elle eue de me la rapporter ? Cet acte un rien incohérent ne constituerait-il pas un signe avant-coureur de sénilité ?

– Et puis ça ! ajoute ma Féloche en me remettant une seconde enveloppe en tous points identique à la première.

Je compare les deux, décontenancé. Exactement les mêmes collages, les mêmes caractères, dans les mêmes couleurs. Si tu me crois pas, juge par toi-même :

SAN ANTONIO	SAN ANTONIO
7 rue des ANGE**s**	7 rue des ANGE**s**
92210 Saint **Clou***d*	*92210* Saint **Clou***d*
J.O. *d'*ATHÈNES	J.O. *d'*ATHÈNES

– Tu pourrais m'expliquer, maman ?

– La seconde enveloppe, c'est moi qui l'ai réalisée en découpant des lettres dans le catalogue de l'agence de voyages Opera Mundi que tu avais déposé dans l'entrée. En le feuilletant machinalement, j'ai été frappée par une proposition de séjour à SAN ANTONIO : SAN ANTONIO, la ville du Texas, sans le tiret, comme sur l'enveloppe, dans le même corps et la même... police. Après, ç'a été un passe-temps de vieille dame de retrouver tous les autres caractères de l'enveloppe dans ce catalogue.

Je demeure ébaubi devant tant d'ingéniosité. Et quand d'aucuns osent encore prétendre que le génie n'est pas héréditaire !

Je raccompagne Félicie à son taxi, la presse contre moi, la couvre de baisers et recommande au chauffeur de rouler prudemment. Puis je rejoins mes compagnons.

La pastilla et le tajine expédiés, le troisième litron entamé, Béru s'en prend à une platée de cornes de gazelle, son vice caché.

– Nom de bleu, lance-t-il à la cantonade, v'z'allez voir comment j'vais l'péter, l'record d'immonde ! D'ici quèques mois, s'rez tous à vous mett' à genoux d'vant mes AddiNike pour baiser ma médaille en or mastif !

Emporté par l'élan de sa biture, il chope une assiette, se lève et la balance dans la salle. Elle rase le crâne de Maumau et va fracasser un alignement de verres à pied derrière le comptoir.

– Ho ! T'es discobole ou lanceur de marteau ? rouscaille le patron.

L'Infâme se laisse retomber sur sa chaise.

– Comme ti veux ti choises !

– C'est bon, on va l'embarquer. Tu mets la casse sur mon compte, Maumau.

– Pas de problème, commissaire. Ça arrive, avec les vins du Sud. C'est pour ça qu'on boit pas, nous autres.

Un peu penaud de son esclandre, Béru se laisse

docilement entraîner par Pinuche. Amélie et moi suivons à bonne distance l'ineffable tandem.

– Boudin, tripes, rillettes..., énumère la rousse de la Rousse. Pour son prochain crime, l'assassin n'aura plus de référence charcutière à nous soumettre, Patron, puisque son « glorieux » prédécesseur n'a commis que trois meurtres.

– Le pentathlon, lui, comporte cinq épreuves. Lui reste l'équitation ou l'escrime. A ton avis, laquelle va-t-il choisir ?

QUATRIÈME ÉPREUVE

Si tu ne vas pas à Lagadère[1]...

1. Moi, j'y suis allé !

22

Gloire

On s'installe dans le bureau vacant d'Antoine et Jérémie. La conversation y sera plus tranquille. Derrière la table de travail de Mister Blanc, une photo de sa famille au grand complet rend compte de la difficulté d'imprimer les Blacks dans la gélatine. On ne distingue des visages que la brillance des regards et les tracés d'albâtre des sourires. Les émulsions des pellicules sont calculées pour nos frimes blêmasses. Je te fous mon billet que messieurs Kodak et Fujicolor n'étaient pas d'ébène.

Pour ôter tout caractère officiel à cet entretien, j'ai rapproché les deux fauteuils et nous sommes assis côte à côte, Dorota et moi. Elle a le teint pâle et les traits tirés, ma charmante Polka.

– La mort de Guy m'effraie et me fait beaucoup de peine, soupire-t-elle.

– Cette convocation ne vous a pas causé trop de problèmes, à l'agence ?

– Non. Ils ont été compréhensifs. La patronne est descendue me remplacer à la vente pour les deux dernières heures. Et puis, Mathurin est quand même venu travailler cet après-midi ; c'est sympa.

Je décide d'aller droit au but, comme je fais souvent avec les gonzesses, t'as constaté ?

– Si on excepte Athanase Ilénaz, vous connaissiez toutes les victimes du serial killer, on est bien d'accord ?

– *Tak !*

– Ce qui signifie « oui » en polonais ?

– Excusez-moi, je me sens un peu perdue. Oui, je les connaissais toutes.

– Commençons par Blanche. Ne vous offusquez pas de ma question, mais répondez-y spontanément : avez-vous couché avec elle ?

Dorota n'hésite pas.

– Oui, deux fois. Elle avait des angoisses, elle s'est réfugiée chez moi et est restée pour dormir.

– Vous avez eu des... rapports sexuels ensemble ?

– Vous êtes malade ? Je ne suis pas lesbienne, vous devriez le savoir, et Blanche ne l'était pas non plus. Elle a partagé mon lit, voilà tout !

Je lui caresse tendrement le bras.

– Je n'ai jamais douté de vos mœurs, Dorota, mais j'essaie de me mettre à la place de l'assassin : il a mal interprété votre relation amicale avec cette fille et s'est convaincu de votre attirance l'une pour l'autre.

– N'importe quoi !

– N'oubliez pas que nous avons affaire à un psychopathe. Ce type vous idolâtre au-delà de toute raison. Parlez-moi maintenant d'Yann Amar.

– Je vous l'ai déjà dit : je l'ai entendu faire l'amour avec Blanche et l'ai aperçu quelquefois sur le palier à travers mon judas. Rien de plus.

– Le voyant souvent entrer nuitamment dans votre immeuble, le meurtrier en aura conclu que c'est à vous qu'il rendait visite.

– Peut-être...

– Venons-en à Omar Maniké, le nabab de Neuilly...

Ce disant, je la lorgne en pleins coquards. Bingo ! Son regard devient plus insaisissable qu'un manouche par un huissier de justice ou un thermomètre dans le prosibus du sujet vedette de chez Michou.

– Il ne s'est rien passé ! s'empresse-t-elle. J'ai été piégée.

– Racontez.

– Mme Ingrid, sa majordome, avait appris je ne sais comment que j'étais une ex-championne de pentathlon, donc une bonne nageuse. Elle m'a proposé de venir donner un cours de natation à son patron.

– Un jeudi soir, je présume ?

– Exact. C'était il y a un mois, environ. J'y suis allée...

– Vous ne vous êtes pas méfiée ?

– Si. J'ai demandé son avis à ma directrice. Elle m'a conseillé d'accepter pour ne pas désobliger le meilleur client de l'agence.

– Il vous a fait le coup de la piscine émeraude ?

– Je me suis retrouvée seule avec lui. J'ai nagé en sa compagnie, lui ai montré quelques astuces techniques... Puis, tout à coup, il m'a demandé d'ôter mon maillot. J'ai refusé. Il a essayé de me tripoter. Je l'ai giflé.

– Comment a-t-il réagi ?

– Sans agressivité. Il m'a dit que c'était une erreur de casting et qu'il saurait sanctionner Ingrid pour cette faute.

– Après ça, évidemment, il a cessé de fréquenter Opera Mundi. Pas beau joueur !

– J'ai tout expliqué à ma patronne. Elle a admis que je n'avais pas à céder à ses avances. Mais, depuis, j'ai quand même l'impression d'être sur un siège éjectable.

Dans ma grosse bouille archibourrée de synapses, les idées commencent à s'installer dans des cases, et les casiers à s'ordonner.

– Une fois encore, le tueur a pensé que vous aviez cédé ! conclus-je. Pour Mathurin, c'est du pareil au même. Vous sortez certains soirs avec lui, vous êtes donc sa maîtresse, alors il essaie de l'éliminer comme les autres. Et Guy Booll ?

Dorota secoue négativement la tête.

– C'était mon entraîneur. Il me massait, j'étais souvent presque nue, mais jamais il n'a eu avec moi un geste équivoque. Pour lui, ses athlètes étaient comme ses propres filles.

On toque à la lourde. Pinaud passe le museau.

– Je peux te voir un instant, Antoine ?

Je rejoins le cher Viocard dans le couloir.

– Je sais que ça ne va pas te faire plaisir eu égard aux sentiments que tu sembles porter à cette jeune Polonaise, préambule-t-il, mais il est de mon devoir de t'informer que je détiens par-devers moi des informations susceptibles de...

– En bref ?

– J'ai deux mauvaises nouvelles.

– Commence par la meilleure.

– Voilà... Dorota Kassetewska a été contrôlée positive aux Jeux de Sydney et convaincue de dopage.

– Je le savais. Et la pire ?

Pinuche me tend l'impression d'un e-mail.

– La manière dont elle était dopée. Lis toi-même.

Je parcours le document. Un frisson m'électrocute des orteils jusqu'aux oreilles.

– C'est ignoble ! murmuré-je.

– Je ne te le fais pas dire. Mais ça existe, hélas.

Il me tapote le dos.

– Il y aussi une bonne nouvelle : j'ai obtenu

le nom du signataire de la contre-expertise internationale qui a confirmé la radiation de Dorota. Il s'appelle...

– ... Athanase Ilénaz ! le couperet-je.

La Ruinassse libère un typhon de frustrations.

– Tu es décourageant !

– Mais non, je suis logique. Le Haïtien faisait tache dans la liste des victimes, car il était le seul inconnu de Dorota. Elle ignorait le rôle négatif qu'il avait joué dans sa carrière. Mais l'assassin, lui, l'a découvert et le lui a fait payer, de même qu'il a châtié ceux qui approchaient son idole de trop près.

La chère vieille loque admet le bien-fondé de ma déduction et s'en retourne au labeur.

Une porte claque, une autre s'écarte, on se croirait dans une saynète de Feydeau ou de Mack Sennett. Sur le seuil de son labo, Amélie m'invite à la rejoindre d'un index mi-crochu.

Je la suis en cet antre où son dabe accomplit tant de prodiges techniciteux qui me pantoisent, moi pour qui un simple clou et un marteau constituent un défi à l'intégrité de mes pouces.

– Je viens d'avoir les services véto, Patron,

concernant le chien. Ils ont identifié le croisement de races et cherchent parmi les bêtes génétiquement similaires celles qui pourraient être tatouées ou pourvues d'une puce. Ce qui permettrait de remonter à leurs maîtres, puis au chenil où elles sont nées, et de là, peut-être, jusqu'à l'individu qui a acheté l'animal que vous avez abattu.

Elle m'en bouche un quoi, la fiancée de mon lardon ? Un coin ! Tout à fait, mon ami ! Si tu savais en noutre, en loutre, en poutre l'à quel point elle sent bon la femelle, tu mesurerais comme la fierté d'un père peut surpasser l'émoi d'un homme.

– Ça peut prendre combien de temps, cette recherche ? m'enquiers-je, témoignant de l'impatience endémique qui pollue parfois mon sens de la rigueur.

– Longtemps. Mais quelle importance ? La police scientifique n'a pas pour objet d'accélérer les processus, mais d'offrir une alternative et une perspective aux vieilles méthodes éculées.

– Bonne définition ! raillé-je. Si le temps n'a rien à voir à l'affaire, ça nous assure qu'un tueur, même s'il sévit pendant un siècle, finira bien un jour par être arrêté.

Mon genre d'humour n'a aucune prise sur ces égéries de la science à tout crin, comme il n'en avait guère déjà sur la génération précédente. Souviens-toi du temps où Mathias, son dabe, prônait des théories qui me laissaient plus de marbre qu'un coït arctique chez les Esquimaux glacés.

En vérité, mon flair de flicard, ma truffe de chien polar se sont adaptés au fil du temps à ces nouveaux concepts. Mais tu ne me feras jamais admettre que, dans l'urgence, la technologie puisse l'emporter sur l'intuition.

– Détail anodin, ajoute Amélie, votre molosse a eu les crocs et les griffes limés, sans doute pour atténuer sa dangerosité. Et puis j'ai encore quelque chose à vous montrer...

Elle bidouille un ordinateur pourvu d'un écran à peine moins géant que celui du Grand Rex.

– La photo du suiveur de Blanche a parlé. Le reflet dans la vitrine n'est pas très probant, mais il vaut un mauvais portrait-robot. Voyez vous-même, Patron.

Une gueule caviardée de carrés de différentes couleurs se dessine. J'ai l'impression d'être en présence d'un mauvais dessin d'enfant ou d'un chef-d'œuvre de Vasarely.

– Prenez un peu de distance, me conseille Amélie.

Je recule de trois pas et soudain les formes géométriques se dissipent pour reconstituer un véritable visage. Devant ce genre de portrait numérisé, il ne faut pas réfléchir, mais laisser parler sa première impression.

– Jean-Luc ! murmuré-je.

– Vous le connaissez ?

– Un collègue de Dorota. Je suis sûr et certain que c'est lui !

Je me rue dans le burlingue, réclame à la Polak le nom de famille et l'adresse de son copain de boulot. Elle les griffonne sur un bout de faf. Ma toquante annonçant 18 h 45, le type est peut-être encore au boulot à l'agence de la rue Auber ?

– Non, il était de repos aujourd'hui.

J'expédie une patrouille à son domicile, avec mission de l'intercepter sitôt qu'il pointera le nez. Il faut prévoir le renouvellement des effectifs jusqu'au petit matin, car le gus fréquente les boîtes homo et ne rentre jamais avant le lever du jour.

– Il y a un souci avec Jean-Luc ? s'étonne Dorota.

– Connaissait-il Blanche Hawaal ? fais-je, sachant répliquer à une question par une autre, ce qui m'a tant valu ta considération.

– Blanche passait souvent me voir à l'agence. Ils se sont forcément rencontrés.

– Avait-il une raison de la suivre dans les rues ?

– Je ne vois pas. Entre eux, c'était bonjour-bonsoir.

Elle marque un temps.

– Si vous permettez, j'aimerais rentrer chez moi. Je dois récupérer mon bébé...

– Je vous ramène. On a encore à bavarder...

Une telle irruption de Pinaud, faut remonter à l'incendie qui a ravagé le troisième étage, dans les années soixante-dix, pour se la remémorer :

– Antoine ! Viens voir... Notre bureau est envahi par la presse ! Ils sont plus d'une centaine !

A l'étage au-dessus, c'est la cohue. Je dois jouer des coudes et des genoux pour parvenir jusqu'à mon burlingue. Une journaleuse en minijupe s'agrippe à mon colback et me braque un magnéto sous le pif :

– M'sieur San-Antonio ! Que pensez-vous de l'exploit de votre collaborateur ?

– Je...

– Merci ! On devine à travers vos propos une intense émotion.

Des flashes crépitent, des micros se tendent, des objectifs de caméra me suivent pas à pas.

– Une déclaration à TF1, commissaire ?

– Dégage ! France 2 a obtenu l'exclusivité...

– Non, c'est Canal +, on a négocié avec la fédération...

– Pour M6, s'il vous plaît !...

En forçant le passage, je découvre enfin l'objet de toutes les convoitises. Au centre de notre burlingue, Béru se tient roide, un marteau de lancer entre les pognes. Il porte un survêtement rouge et blanc, quasiment neuf, ses pompes de ville cirées à mort, et un bandana orné des cinq anneaux olympiques sur le front pour éponger la sueur.

– On s'calme ! tempête-t-il.

Le brouhaha s'estompe légèrement.

– J'ai dit vos gueules ! gronde-t-il derechef.

Une chape de silence recouvre l'assistance. Chacun reste suspendu à l'amorce d'un geste ou à l'ébauche d'une parole. Un nouveau chapitre de notre histoire contemporaine est sur le point de s'ouvrir.

L'Ogre des temps modernes commence à faire tourner la sphère au-dessus de ses genoux, de ses hanches, puis de ses épaules. Il pivote sur lui-même, imprimant une infernale giration à son instrument.

Et il tourne, et il tourne, comme un soleil craché. Sa rotation est étourdissante. Emportées par la houle de la force centrifuge, ses entrailles habituellement consacrées à la force centripète semblent flotter comme en apesanteur, se déforment et ondulent avec une grâce majestueuse.

Les cameramen reprennent du service et les photographes larguent leur éclairs.

Sois tranquille, ils n'ont pas raté l'instant où le marteau a fusé, pulvérisé la lucarne, traversé la cour de la Grande Cabane pour venir exploser le pare-brise de la limousine du ministre de l'Intérieur, en visite inopinée.

Décidément, la verroterie n'a pas de chance, ces temps-ci, avec le sieur Bérurier...

Mais c'est la gloire !

23

Suicide

Devant un scotch-Coca, j'attends les infos de France 2. Dorota donne le biberon à son Basile. Nous constituons un genre de famille recomposée : le célibataire endurci, la fille de l'Est aventurière et le bébé tiers-mondain.

Après une séquence de pub consacrée à la dernière chignole franco-japonouse que si tu l'as pas achetée t'es un raté et que si tu l'as achetée t'es un radin tellement elle est pas chère et qu'en outre on t'offre mille ans de plein d'essence, une garantie pièges et manœuvres illimitée et le remboursement de l'air conditionné même si t'as pas pris l'option, le journal débute. Le présentateur de la patrouille des hérissons malicieux ouvre, une fois n'est pas costume, sur le port du voile à l'école. Les d'accord, les pas d'accord et les moyennement d'accord s'affrontent haut le verbe. Et si on pensait un peu aux 80 % dont nous sommes qui ne s'intéressent pas plus à ce sujet qu'au ramassage des défécations canines ?

Si on cessait de parler d'elles, les gamines voilées ne poseraient pas plus de problèmes que les zigotos en béret basque ou les fillettes en jean taille basse ! Une question majeure me vient à l'esprit : est-ce plus grave de cacher ses cheveux que de montrer ses poils du cul ? J'ai le souvenir ému d'avoir personnellement dévoilé une sublime beurette dans un tardif train de banlieue désert et de l'avoir fait hurler au nom de son père, de son fils et peut-être même du Prophète. Foutons-leur la paix, à ces filles du soleil ! Laissons-les vivre dans nos écoles, rater les cours de gym et choisir des gynécos femmes. Il n'y a pas si longtemps, Félicie me l'a confirmé, les bonnes sœurs représentaient la majeure partie des infirmières de notre République. Malgré leur voile, on les laissait nous planter des thermomètres dans le fion, éponger nos humeurs et changer les couches de nos vieux.

Seule limite au voile islamique, pour moi :

qu'un homme impose à une femme le port dudit symbole soi-disant religieux. Je lui ferais alors déguster un thé aux phalanges qui l'empêcherait de becqueter de la semoule même par les nuits de ramadan.

Je te passe la retrouvaille des boîtes noires du dernier crash, boîtes noires dont on découvre à chaque accident qu'elles sont orange, à se demander pourquoi on ne les appelle pas carrément « boîtes orange ».

La fin du baveux, comme je m'y attendais, est consacrée à ce nouvel espoir de l'athlétisme français qui vient de faire exploser le record du marteau, à savoir Alexandre-Benoît Bérurier. Le ministre de l'Intériorité, Nicolas Sakkarine, vient à l'antenne expliquer la fierté qui l'anime d'avoir vu son pare-brise émietté par le génial lanceur. Le général de Gaulle lui-même n'avait-il pas en son temps réceptionné un ballon de foot entre ses doigts sacrés ? « Si vous n'y voyez pas un symbole fort pour les prochaines présidentielles, c'est que vous n'avez rien compris à la politique, m'sieur Poujade, heu.. Pou de jadis... heu... Pujadas... »

Juste avant la météo, je clos le bec de la télé

et vais m'asseoir auprès de Dorota. Elle dodeline son marmot pour lui arracher le rot libérateur. Je caresse délicatement la joue du bambin. Difficile de déballer ce qui me pèse sur la patate. Mais il faut plonger, mon gars. Comme disait ma bonne maman : le pus qui sort libère l'abcès. Faut dire qu'à cette époque on claquait pour un oui, pour un gnon.

– C'est à cause du doping que vous ne pouvez plus avoir d'enfant ?

Dorota ne réagit pas. On dirait que ma phrase n'est pas parvenue à son cerveau. Je laisse passer quelques instants avant de sortir le papier de Pinuche et de le lire à voix basse :

> *Dorota Kassetewska a été convaincue de dopage par une utilisation frauduleuse de la grossesse. L'effet recherché implique l'augmentation, pendant les premières semaines, du débit cardiaque par suite de l'augmentation de la masse sanguine, du nombre de globules rouges et de l'hémoglobine, donc du transport de l'oxygène vers les muscles, ce qui tend à améliorer la capacité d'effort d'au moins 10 %, donc d'une marge supérieure à l'écart*

entre ses performances et celles de ses suivantes immédiates au classement olympique. En conséquence, son déclassement et sa radiation...

– On ne m'a pas laissé le choix ! C'était ça ou j'étais virée de l'équipe.

– Saviez-vous que cette grossesse calculée constituait une tricherie ?

– La compétition est-elle interdite aux femmes enceintes ? se rebelle Dorota.

– Apparemment oui, surtout quand elles avortent au lendemain de l'épreuve. Quelques gouttes de perlimpinpin cortisoné soulagent l'allergie d'un enfant, deux aspirines nous ôtent un mal de crâne, un rail de coke allume le feu d'un chanteur, mais vous, les sportifs, vous n'avez droit qu'à une assiettée de Barilla, et à condition que Depardieu ferme sa gueule...

– C'était l'enfer ! ne peut se retenir Dorota. On m'avait dit que je n'aurais aucune chance, face à toutes ces filles de l'Ouest dopées avec des produits indécelables. J'ai refusé obstinément d'avaler des médicaments ou de me laisser piquer. Le médecin de notre groupe avait décelé chez moi un fort besoin de maternité. Bien que je n'aie pas de petit ami, il a réussi à me convaincre qu'être enceinte comblerait tous mes vœux. Je gagnerais la compétition et deviendrais maman. J'ai vite déchanté. Si vous saviez comment ça s'est passé...

– Par insémination ?

– Trop aléatoire. Dans les trois mois qui ont précédé les Jeux de Sydney, certains soirs, en fonction de mon cycle, des hommes entraient dans ma chambre.

– Ils vous faisaient l'amour ?

– Oh non ! Je n'avais pas le droit au plaisir, les orgasmes auraient pu entamer mon potentiel sportif. Ces types avaient été « préparés » par une autre fille. J'écartais les cuisses, ils me pénétraient et ils éjaculaient aussitôt. Un quart d'heure plus tard, on passait au suivant. Ce cauchemar n'a cessé que lorsque mon test s'est révélé positif. Bien sûr que je ne voulais pas le garder, cet enfant du hasard ! Vous comprenez pourquoi je n'ai plus jamais eu de rapports jusqu'à notre recontre ?

Sans m'attarder, j'enchaîne :

– Votre interruption de grossesse s'est mal déroulée, n'est-ce pas ?

– J'ai perdu ce jour-là mon avenir de championne et mes espoirs de mère. Et puis mon père, aussi. La honte l'a tué. Il s'est jeté dans l'étang à l'approche de l'hiver. La glace l'a emprisonné. Au printemps, on a repêché son corps. C'est ainsi que je suis venue en France pour fuir mon passé, oublier mes fautes...

Elle serre son bébé contre sa poitrine.

– Vous voyez, le ciel m'a pardonné en m'offrant Basile.

Ses grands yeux bleus sont brouillés de larmes. Elle berce son jésus d'anthracite en chantonnant une comptine polonaise sur un air entraînant :

Tak i ja Tak i ty Moze swientym byc !
Tak i gruby Tak i chudy Moze swientym byc !

Les paroles, mon pote, je n'y entrave pas lerche et si tu causes la langue, excuse le manque d'accent sur les « c », les « s » et les « z », et le défaut de cédille sous certains « e », mais mon clavier n'accepte que le franchouille, l'argomuche et le patois savoisien.

– *Tak i ja Tak i ty Moze swientym byc !* On chante souvent ça aux enfants, en Pologne. Ça veut dire : « Moi et Toi, on peut être des saints ! » les autres couplets disent : « Les Gros et les Maigres, les Petits et les Grands, on peut être des saints »...

C'est la mélodie qui interpelle ma mémoire ! Essaie de te souvenir, toi qui n'as pas lâché ce book depuis la page numéro 1, au point que la fameuse crampe du lecteur t'investit.

« Tatata... Tataté... Tatatatabi... »

Ce qui est chiant quand on écrit aussi imagé et musical que moi, c'est d'être réduit à aligner des mots. Même lorsqu'on jongle avec et qu'on les manipule, les mots, sur papier blanc, restent une partition dédiée à l'esprit, vouée à transposition. Te sens-tu capable d'un tel exercice à l'heure qu'il est ? Non, bien sûr ! Alors, Maestro : flash-back, s'il vous plaît !

1978

Dans la Ford Taunus de la juge Le Gwen, on planque devant la maison de Gina Rolanceveau, compagne présumée du Charcutier, l'ennemi public numéro un :

La Citron pourrie du Mastard s'arrête en double file à notre niveau. L'Immonde s'en éjecte, serrant dans ses bras une petite blonde endormie. Il ouvre la portière de la Taunus et dépose la gamine sur les genoux de Gwendoline.

– V'là l'paquet-cadeau, ma'me le juge ! Son blaze, c'est Marie, mais d'après s'lon sa maîtresse, on l'appelle Marie-Do...

Pluie, grêle, vent, crachin, cochon, couvée !

Le ciel à la Vlaminck est comme halluciné.

– Tatata... Tataté... Tatatatabi ! chantonne la petite Marie-Do sur un air entraînant. Puis elle s'exclame : Maman !

– La fillette blonde... c'était vous ? murmuré-je, la gorge égorgée.

– Je ne comprends pas...

– Vous ne pouvez pas comprendre, vous n'aviez que trois ans. Votre prénom a toujours été Dorota ?

– Avant, je m'appelais Marie-Dorota.

– Marie-Do...

– Un prénom français, un autre polonais ! La parité.

– Et le prénom de votre mère, vous vous en souvenez ?

Un fragile sourire s'escamote sur ses lèvres.

– Mon père l'a longtemps murmuré. Elle s'appelait Gina.

Me voici-t'y pas prisonnier du passé ? Englué dans ce magma amalgamant pêle-mêle le temps perdu et retrouvé, les souvenirs refluants et la mauvaise conscience de tout être humain conscient ?

– Je sais qui est la prochaine cible..., susurré-je.

Auteur sachant quelquefois faire sobre, je te livre in extenso la réplique de Dorota :

– ???

– C'est moi qu'il va zigouiller ! ajouté-je. Et je sais aussi qui sera mon meurtrier.

24

Narcotique

– N'en est pas question, Berthie ! J'sus maintenant un atlantique de haut-nival. J'ai pus l'droit d'disperser mon énergerie sur un simple coup d'bite !

– J'te d'mande pas de tout m'mettre. J'me content'rai d'vingt petits centimètres, comme chez le commun des baiseurs.

– Hors de question !

– R'garde comme elle est raide ! Elle passe par-dessus ton nombrille... elle t'frictionne presque l'menton.

– C'est juste l'envie d'pisser du matin...

– Laisse-moi au moins t'pomper un brin le capuchon !

– Pas touche ! Ce gland est réservé à la France !

– T'es vraiment pas marrant, Alexandre !

– Tu t'referas une santé, t't'à l'heure, au salon d'Alfred.

– Tu parles ! Des biroutes tristouilles qui s'enguimauvent à peine que tu les suces, ou des chagates d'automne perdant leur dernier poil sur le bout d'ta langue, merci du bonheur !

– Y m'semb' qu' l'micro-ondes a tinté ! La blanquette du petit déj doit z'être réchauffée.

– C'est pas l'micro-ondes qui sonne, pauv' pomme, c'est l'téléphone.

– Eh ben, réponds, vachasse !

– Allô ? Non, sa femme... Si vous m'mettriez la main entre les cuissots, vous saisisseriez la différence. Faut qu'j'y dise quoi ? L'plus tôt possib' ? 'Tendez, j'm'informe. Hé, Gros Sac, c'est l'président d'la Fédération d'marteau. Y veut t'voir toute sute au 69, rue d'la Moule-en-Folie, dans le quatorzième, pour discuter d'ton contrat.

– Dis-y qu' j'm'habille, qu'je prends une douche, et que j'rapplique aussitôt sec.

– J'espère qu'tu vas lu faire cracher un max ?

– Et la Patrie, qu'est-ce t'en fais ?

*
* *

Béru arriva sur les lieux avec pas mal d'avance. La pendule du hall affichait 7 h45. Le réceptionniste n'avait pas encore pris ses fonctions. Une jeune femme de type pakistanais passait l'aspirateur sans s'apercevoir qu'il n'était pas branché.

– Les bureaux d'la Fête-des-rations, s'iouplaît ?

– *Galangagalabangala !* répondit l'étrangère, émettant le son d'une mandoline dévalant un escalier pentu.

– Merde, ça va pas êt' fastoche, grommela le Mastard. *Dou you s'pique l'angliche ?*

– *Jestalitel !*

– Moi *not*, bordel ! Écoute, gamine, je *look for* la Fédération *of* marteau, *it is* pas sorcier, purée !

– *Dondinderstint* !

– Putain ! Sport ! Spartacus ! *Grosse muscle* ! Sporti ! Sporto ! SPORT ! *SPORT !*

La fille semblait enfin avoir pigé.

– Ah ? *Sport ! Cerdflor !*

Pour mieux se faire comprendre, elle égrena sur ses doigts :

– *Van, tou, tri !*

– Troisième étage ? Tu vois, quand tu veux.

Béru flatta les hanches anguleuses de la fille.

– Si un jour t'as envie d'te faire passer au travers par un vrai champion, fais-moi signe, Cocotte. Mais après les JO, hein ? Pour l'instant, j'économise mes spermatos !

Sa Majesté olympique fut surprise de débarquer dans une salle d'armes équipée d'une longue estrade de combat avec les feux rouges et verts à chaque extrémité.

Dans sa candeur naïve, il se demanda pourquoi le président de la Fédération de marteau l'avait convié en ce lieu dédié à l'escrime. Les âmes pures cultivant la simplicité, Bérurier alla s'asseoir devant une table où un broc de café, une carafe de jus d'orange et une bouteille de cognac se morfondaient de solitude devant des récipients adaptés à chaque breuvage.

Il réfuta la tasse de caoua car on lui avait dit que la caféine pouvait être considérée comme un stimulant non autorisé par les instances olympiques. Il repoussa d'emblée l'alcool, mauvais ami du sportif, mais y revint quand même après avoir goûté le suc d'agrume à l'amertume trop prononcée.

Il chuta de sa chaise sans s'en apercevoir et s'endormit sous l'effet des narcotiques dissous dans les différentes boissons.

Lorsqu'il revint à lui, Alexandre-Benoît, premier de sa dynastie, était ficelé serré à un radiateur en fonte. Ses bras d'acier ne pouvaient rien contre les liens qui l'entravaient et ses chevilles n'auraient pu esquisser le moindre pas de gigue.

Devant lui, l'ombre d'un apiculteur ondoyait. Un homme en blanc au visage masqué d'un fin grillage zébrait l'espace de cinglants moulinets.

– Zorro était en noir ! bredouilla Bérurier.

– Comme ton avenir, Tas-de-merde !

Déformée par l'application du masque, la voix de l'escrimeur semblait issue d'un synthétiseur.

– Tu vois cette arme ? Elle n'est pas reliée à un fil électrique, ni mouchetée. Elle ne serait jamais autorisée en compétition, et tu sais pourquoi ?

– Non, et m'en tape !

– Il s'agit d'une véritable épée aussi tranchante que celle de d'Artagnan !

L'homme sortit un téléphone portable de sa tenue de combat.

– D'Artagnan appelle Porto, Gratos ou Artémise ? ricana le Gravos.

– San-Antonio. Et c'est toi, bouffon du roi, qui vas lui parler...

– Faudrait qu'j'y dise quoi-t'est-ce ?

– Que son fidèle compagnon aura les carotides tranchées s'il ne vole pas immédiatement à son secours.

– C'est pas dans l'scénario des Trois Mousses-queutards, ça !

– Non, mais c'est dans le mien. Je compose le numéro et tu lui parles.

– Jamais ! gronda Béru. Et tu croives m'faire peur a'ec ton sport d'gonzesse, moi, un futur médallié olympique du lançage d'marteau ?

– Ne parle pas d'olympisme devant moi, charogne ambulante, hurla l'escrimeur, ou je te découpe en rondelles comme une vieille andouillette avariée !

Pour marquer sa rage, il décocha un coup de

talon vengeur dans l'œil gauche de son prisonnier, prit quelques pas de recul et lança son épée comme un coutelas. L'arme vint se ficher dans le mur à quelques centimètres de la joue du Mastard qui ne broncha pas d'un cil.

– L'intimidation, a'ec moi, Ducon, c'est moinsse que quand tu chies dans une clarinette. Si tu m'transformes en andouille de Vire, en jésus de Morteau ou en rosette de Lyon, tu s'ras l'bienvenu. Sitôt d'après ma mort, mon fantôme s'précipitera sur ma dépouille pour s'délecter d'ses bas et bons morcifs. Tes pulsions charcutières, dis voir... tu les tiens d'où, mon p'tit gars ?

L'homme éprouva des difficutés à se contrôler. Ce gros lard d'indice était plus finaud que sa lourdeur ne le laissait paraître. Il aurait bien mérité le statut de cible. Mais le génial commissaire San-Antonio n'était-il pas la cible finale ?

Juste avant le sacrifice suprême...

Il composa le numéro.

25

Rebours

Dorota pousse un interminable gémissement.

– Vous m'aurez donné du plaisir toute la nuit...

Je me lève, investis la salle de bains. Connais-tu plus piteuse posture que celle du tringleur débarbouillant dans le lavabo son mandrin en voie d'amollissement ?

Et bien il y a pis, encore : se regarder au petit matin dans une glace. Je te jure que le mec qui a inventé le miroir a découvert aussi le secret de la vieillesse. Bien sûr, auparavant, il existait les flaques, les mares, les étangs, les lacs, mais on pouvait imputer ses rides aux risées du vent à la surface de l'eau.

– Téléphone ! lance Dorota.

– C'est le vôtre !

– Basile est réveillé, il faut que je m'occupe de lui. Repondez, s'il vous plaît.

Je noue une serviette autour de mes tablettes de chocolat au lait et m'en va décrocher le biniou.

– Encore à l'ouvrage, San-Antonio ? Vous êtes infatigable...

La voix est grave, impersonnelle, comme issue d'un de ces jeux informatiques qui abrutissent les pré-ados en leur donnant le sentiment d'avoir tout compris aux maths et à la physique nucléaire. On pourrait croire Robert Hossein se parodiant lui-même dans une version Nintendo de *La Marquise des Anges.*

– Ne m'interrompez surtout pas. Le grand moment est venu. Vous ne pourrez pas y échapper. Il fallait que la confrontation ait lieu. Vous comprenez bien qu'une addition doit être payée un jour ou l'autre. Ce jour est arrivé. Je vous attends. Seul !

– Où ça ?

– A la salle d'armes, 69, rue de la Moule-en-Folie, une impasse perpendiculaire à la rue de la Gaîté.

– Je connais.

– Alors, venez vite. Si vous mettez plus de trente minutes à partir de mon top chrono, vous entendrez ceci...

Un hurlement sauvage perce le bigophone.

– C'est votre collaborateur et ami Alexandre-Benoît Bérurier. Je lui ai planté mon épée dans la bite. Il y a encore de la place pour une centaine de trous, vu comme il est monté. Je ne lui ai jamais pardonné d'avoir enlevé ma grande sœur, ni à vous d'avoir tué mon père...

– Vous êtes cinglé ! m'exclamé-je. On est des flics, pas des kidnappeurs ni des tueurs ! Écoutez-moi, je sais qui vous êtes et je veux qu'on se parle d'homme à homme...

– Je n'attends que ça. Dépêchez-vous, le compte à rebours a commencé...

26

Pardaillan

– Pardon de vous avoir tirés du pieu en catastrophe.

– Tu veux qu'on t'accompagne, papa ? questionne Toinet, inquiet.

– Non, il a dit : seul. Il doit me surveiller.

– Il te tend un piège, c'est pas raisonnable de plonger dedans bille en tête, proteste Jérémie.

– Appelez des renforts, bouclez les issues. Vous n'interviendrez qu'en cas de coup dur, compris ?

Antoine baisse la tête, vaincu par ma supériorité hiérarchique. Il tire un pétard de son holster et me le tend.

– Planque cette deuxième arme, elle pourrait t'être utile.

Il fonce jusqu'à sa bagnole et revient avec un rouleau d'adhésif.

– Autour du mollet, papa, sans oublier d'enclencher le cran de sûreté.

Je m'exécute pour le rassurer et avoir l'air de découvrir grâce à lui une nouvelle astuce.

Je traverse le hall, demande la salle d'escrime à un préposé ensomnolé.

– Troisième.

Je me retrouve dans l'ascenseur avec une chétive Pakistanaise trimbalant un seau qui pourrait lui servir de baignoire. Elle a roulé un billet de vingt euros et l'a glissé le long de son doigt sous une chevalière de pacotille. Elle surprend mon regard.

– Pas volé ! croit-elle bon de se justifier. La dame m'a donné !

Je lui souris. Elle descend au second. Je poursuis mon ascension et débarque sur un palier feutré. J'ai le choix entre une porte marquée « Vestiaires », une seconde frappée des vingt-troisième et troisième lettres de l'alphabet, une autre indiquant les burlingues « private », et la dernière conduisant à la salle d'armes. C'est celle-ci que je pousse, en douterais-tu ?

– Vous êtes la ponctualité faite homme, commissaire !

D'une belle prestance dans sa tenue immaculée, le type rajuste son masque comme font souvent les escrimeurs entre deux assauts. Il n'a cependant cessé de pointer sa lame sous le menton de Bérurier.

Il ne peut même pas s'exprimer, le Prince du marteau, car son kidnappeur, non content de l'avoir saucissonné et accroché au radiateur, l'a bâillonné avec son bandana. Il semble ainsi avoir ingurgité les anneaux olympiques. L'un de ses yeux porcins affiche une belle tuméfaction, tandis que l'autre me reproche vertement d'avoir cédé aux instances du maître chanteur.

– Désolé, Alexandre, je ne pouvais pas t'abandonner.

Ne voilà-t-il pas qu'une larme grasse comme une fonte de lardon sourd de son œil valide ? J'esquisse un pas dans sa direction.

– N'approchez pas ou je lui tranche la gorge, menace le bretteur.

– Que voulez-vous exactement ?

– Que vous ôtiez votre veste.

– Sans problème.

– Maintenant, dégrafez votre holster et déposez-le à vos pieds sans toucher à l'arme, sinon...

J'exécute à la lettre les commandements du barjot.

– Très bien, vous montrez une agréable bonne volonté, monsieur San-Antonio. Déboutonnez votre chemise... C'est ça... Soulevez le pan arrière... Montrez-moi vos reins... Parfait. Maintenant, baissez votre pantalon... doucement... plus bas... jusqu'aux chevilles... C'est quoi, ça, entouré à votre mollet ? Un calibre sympa avec lequel vous escomptiez me flinguer par surprise ? C'était mal calculé. Vous avez tué papa, mais vous ne m'aurez pas !

– Je n'ai jamais rencontré votre père !

– Décollez doucement le sparadrap et poussez l'arme auprès de la première. Pas de lézard, compris ? Regardez cette perle de sang au garrot de votre acolyte... Que mon corps s'affaisse sur lui et elle deviendra une inenrayable hémorragie.

– Il n'a rien à voir dans cette affaire..., plaidé-je, façon de gagner du temps.

– Si ! C'est lui qui a été cherché ma petite Marie-Do à l'école pour en faire votre otage.

Vous avez éliminé mon père qui punissait fort justement les filles qui avortaient.

– Je ne suis en rien responsable de la mort de votre père ! Il est peut-être même encore vivant... D'ailleurs, qui me dit que ce n'est pas vous ?

– Arrêtez de délirer !

– Alors, montrez-moi votre visage !

L'homme fulmine sous son masque.

– Je vous tuerai comme j'ai tué celui qui a provoqué la déchéance de ma sœur et tous ceux qui ont abusé d'elle !

Je décolle l'arme d'Antoine et la dépose à terre avec précaution.

– Rajustez-vous, San-Antonio. Un héros de votre classe ne meurt pas en caleçon. Tenez...

Il s'empare d'une épée dans un râtelier et la fait glisser sur le parquet dans ma direction. Je referme la glissière de mon futal, boucle trois boutons de ma chemise et saisis l'arme.

– Nous allons nous battre à la régulière, jusqu'au dernier sang. Telle est ma règle : le perdant doit mourir ! explique le samouraï du quatorzième (arrondissement).

– Votre jeu est truqué ! Je n'ai jamais tenu une épée de ma vie.

– Vous allez donc prendre votre première... et dernière leçon. En garde !

Une épée, un sabre, un fleuret semblent des armes faciles à manier au bout du bras d'un mousquetaire. Mais va les manipuler face à un zigue qui connaît les tierces, les quartes et les quintes à te rendre flush au premier tour de poignet.

Quand je pense que Gérard Barray, en son temps, a joué San-Antonio au cinéma, et Pardaillan aussi ! Comme je regrette en cet instant de n'être que le commissaire et non le fier ferrailleur ! Pour moi, « fine lame », jusqu'alors, ça signifiait : tout dans le mille et sans les mains ! Me dis pas le contraire, ma biche !

Première touche, premier lardage de mon avant-bras. Juste une traînée de sang, mais qui en laisse présager bien d'autres. Mon adversaire paraît rompu aux armes blanches. Ma taille et mon poids, supérieurs aux siens, m'autorisent néanmoins une contre-attaque. Pointe en avant, je m'élance vers lui en poussant un feulement de tigresse en chaleur. Il bat en retraite à petits pas souples et me remise un coup tranchant au sternum. Ma limouille s'éclabousse de rouge.

M'avisant en si mauvaise posture, Béru rameute toute sa puissance et parvient à démancher le radiateur. Un jet de vapeur d'eau brûlante atteint mon adversaire dans le cou, ce qui m'évite un embrochage programmé. Sur sa lancée, le Mastard fonce et tente de bousculer l'épéiste. Avec son radiateur dans le dossard, il ressemble à Raffarin dans *Le Retour du Bossu.*

Hélas, l'autre a senti le danger. Il esquive la charge et mon Gravos s'en va percuter l'estrade. La masse de fonte l'assomme pour le compte.

En trois feintes de poignet, mon adversaire me fait sauter l'épée des mains et la pointe de son arme s'applique sur mon poitrail, juste à la place du cœur.

– L'estocade sera fatale, commissaire. Pensez fort à votre mère et à toutes les injustices que vous avez commises.

Son biceps se gonfle. Il va peser de tout son poids et me perforer entre deux côtes.

Une détonation claque. L'escrimeur paraît surpris. Il se cabre en arrière et chute sur le dos. Son masque de combattant se trouve éjecté sous l'impact. Sans surprise excessive, je reconnais Mathurin.

Mon pistolet entre les mains, Gina se tient, toute tremblante, à l'entrée de la salle. Elle a perdu son joli ventre rond, mais ses hanches se sont quelque peu alourdies et ses cheveux filargentés, depuis le temps... Mais elle est toujours aussi belle.

27

Mélo

Il est superbe, Jean-Luc, dans sa robe moulante, avec ses faux seins, sa perruque de traviole et son maquillage en débâcle.

– Ah, commissaire ! Vous voilà enfin... Vos sbires m'ont interpellé à 6 heures du matin devant mon immeuble. Je n'ai même pas pu me changer. Je rentrais du Pot cassé, la dernière boîte gay à la mode. C'est quoi, cette histoire de photos ?

– Pourquoi filiez-vous Blanche Hawaal ?

– Je ne la filais pas, je l'ai suivie une fois, pour la draguer, tout simplement. Je joue les tantes parce que ça me permet de ramener plein de clients, mais je n'aime que les femmes. C'était une fille superbe et une sacrée salope, selon Dorota. Moi, j'adore les salopes, pas vous ?

– Mieux que les petits salopards !

– J'ai rien fait de mal. En vérité, j'ai fait mine de la rencontrer par hasard. Je lui ai proposé une virée dans mes taules habituelles. Au petit matin, après une nuit dans les boîtes d'homos, les filles sont tout émoustillées et s'appliquent d'autant mieux au plumard. On devait sortir le soir du jour où elle a été assassinée...

– Qu'est-ce qu'on en fait, Patron ? demande le chef de patrouille. On l'embarque comme travesti ?

– On le raccompagne chez lui. Mais, s'il vous agace, rien ne vous empêche de le démaquiller un peu !

J'ai demandé qu'on me laisse seul dans mon bureau avec Gina. La vitre démolie par le marteau de Béru a été occultée avec un morceau de plastique qui flotte dans l'encadrement.

– Je vous écoute. Je veux tout savoir depuis notre brève rencontre d'il y a vingt-cinq ans.

Elle enfouit son visage entre ses mains, observe un long silence avant de se décider à parler :

– Le jour où je vous ai endormi avec mon café spécial, j'ai récupéré ma gamine en neutralisant la juge d'instruction. J'ai pris le bus 169, puis le métro jusqu'à la gare du Nord. On est montés dans le premier train en partance pour la Pologne. Là, j'ai retrouvé Jozek, le père de Marie-Do. Je vous ai menti en prétendant qu'il ne s'intéressait pas à sa fille. Au contraire, il venait deux fois par an en France pour la voir et me suppliait de le laisser la récupérer. Cette fois, j'étais décidée à lui donner satisfaction. Je ne voulais pas que ma fille soit élevée avec l'enfant que je portais dans mon ventre. J'ai fait jurer à Jozek d'expliquer plus tard à Marie-Do que sa mère était morte. Grâce à ses appuis politiques – il était alors un cacique du régime et ami personnel d'Edward Gierek – il a réussi à me procurer une fausse identité. J'ai accouché de Mathurin, puis je suis rentrée en France.

« J'ai retrouvé du travail dans une clinique du sud de Paris. J'ai élevé mon gosse du mieux que je pouvais. Il suivait des études normales et grandissait sans problème, jusqu'au jour où il est tombé sur un reportage dans une revue. On y retraçait l'histoire de quelques célèbres psychopathes, notamment celle du Charcutier en 1978. Mathurin m'a reconnue sur une photo qui avait été publiée à l'époque. Il ne m'a plus lâchée. Il a voulu tout savoir. En fouillant dans mes affaires, il a découvert les lettres de Jozek qui me donnait régulièrement des nouvelles de ma fille.

« Il a suivi à distance la carrière sportive de sa demi-sœur, sa déchéance, son retour en France. Alors il a décidé de venger celle qui était devenue son héroïne. Dans sa tête, tout se mêlait : les crimes et la disparition de son propre père, l'avortement qu'on avait infligé à Marie-Do, la haine de ceux qui, d'après lui, forçaient son intimité...

« Il a pris un studio à Paris, m'a acheté un chien de combat qu'il a dressé, soi-disant pour me protéger. Puis il s'est mis à la recherche de l'homme qui avait fait radier sa sœur...

– Athanase Ilénaz ?

– Il a passé des jours et des nuits à le suivre, à tout repérer de son existence. Il s'est fait engager dans l'agence de sa sœur pour ne plus la lâcher d'un iota. Je l'ai supplié de renoncer à ce fantasme. Mais c'était plus fort que lui. Comme je l'avais toujours redouté, les mauvais gènes de son père s'étaient emparés de sa personnalité.

« Lorsque j'ai découvert dans la presse les meurtres commis dans l'entourage de Marie-Do, je me suis vite doutée qu'il en était l'auteur.

« Hier soir, il m'a expliqué par téléphone que tout serait bientôt réglé. Que San-Antonio paierait pour les dommages qu'il avait causés à notre famille et qu'ensuite le calme reviendrait. J'ai tenté de le raisonner, mais sa détermination paraissait sans faille. J'ai compris qu'après vous avoir exécuté, il nous tuerait, sa sœur et moi, avant de se suicider.

– Pourquoi ne pas avoir prévenu la police ?

– Il m'effrayait, me répugnait, mais je me sentais incapable de le dénoncer. Ce matin aux aurores, je suis allée l'attendre en bas de chez lui. J'étais résolue à me mettre en travers de son chemin, mais je n'en ai pas eu la force. Je l'ai suivi à son insu jusqu'à la salle d'armes. J'ai soudoyé une femme de ménage pour m'introduire dans les vestiaires. J'étais désemparée, je ne savais plus que faire...

– Vous m'avez sauvé la vie.

– J'ai surtout sauvé celle de ma fille.

Je me lève et accomplis machinalement quelques pas dans le bureau.

– Mathurin n'a jamais été tenté de dévoiler son identité à Dorota, de lui dire toute la vérité ?

– Dans son esprit tordu, c'était hors de question.

– Et vous, Gina, vous n'avez jamais eu envie d'entrer en contact avec votre fille ?

– Mille fois ! Mais je ne m'étais pas privée de sa présence pendant si longtemps pour la mettre en face d'une si horrible réalité.

Je laisse flotter un silence poisseux.

– Parlons-en, de cette réalité : où se trouve le Charcutier, aujourd'hui ?

Gina ne peut retenir un léger sourire.

– Toujours au même endroit, dans notre pavillon de Noisy-le-Roi. Un jour, j'ai découvert dans ses affaires la liste des jeunes filles venues avorter dans la clinique où je travaillais. Trois noms avaient été barrés : ceux des filles sauvagement assassinées. Je lui ai demandé des explications. Il a posément reconnu qu'il recrutait ses victimes d'après les fiches que je dactylographiais à la maison. Horrifiée, j'ai attrapé une pelle et lui en ai assené un coup sur la tête. Il a chuté d'un étage sur le chantier et s'est fracassé le crâne sur un tas de parpaings. A l'époque, je lisais un roman de Frédéric Dard, *Délivrez-nous du mal*. C'est ce qui m'a donné l'idée de l'emprisonner dans du béton.

« Je suis revenue sur les lieux, il n'y a pas si longtemps. Les travaux ont été achevés et une famille vit là, heureuse, sans savoir que cette ordure croupit dans les fondations de la propriété. Ça lui aurait plu, à Dard, non ?

– Probable.

Gina me tend ses poignets.

– Allez, arrêtez-moi, qu'on en finisse.

– Vous arrêter ? Pourquoi ? Le Charcutier était un monstre et son meurtre éventuel est prescrit depuis longtemps. Et puis, faute de corps...

– Mais... Mathurin ?

– Sans vous, il me tuait. Il a été abattu avec mon arme de service. Disons que je suis arrivé à temps pour éviter qu'il n'égorge mon collègue

Bérurier, lequel confirmera. Ce fait d'arme alimentera nos états de service...

Elle m'ouvre les bras. J'esquive son geste de tendresse et presse le bouton de mon interphone.

– Faites entrer ! ordonné-je. Quelqu'un est venu vous chercher, Gina. Quelqu'un qui aura besoin de vous et dont vous aurez besoin.

La porte s'écarte sur Dorota. Les deux femmes se regardent, incrédules.

– Maman ? s'étonne la jeune Polonaise.

– Marie-Do ? Ma petite fille...

Moi, je quitte la pièce à pas de loup. Tu ne voudrais pas qu'un San-Antonio s'achève dans les trémolos du mélo et que je t'oblige à verser, en sus du prix abordable de cet ouvrage, une larmichette salée ?

Je fonce aux goguenots pour m'éponger la frime et découvre mon Béru debout devant la glace, un papier à la main.

– Qu'est-ce que tu maquilles, Gros ?

– Je m'ai dit que si des fois on m'demanderait d'réciter l'sermon du jus d'pomme à la cérémonie d'ouverture, faut que je soye prêt. Alors j'l'ai appris par cœur, et puis j'l'ai enrichié de quelques phrases personnelles à toutes faims inutiles. Dis-moi franch'ment c'que t'en penses :

Au nom de tous les cons courants, j'promets qu'on prendrasse part à ces Jeux orthopédiques sans dropage, si toutefois on n'excepte le beaujolais nouveau qu'a jamais fait d'mal à personne, bien au contraire. Moi-même, Alexandre-Benoît Bérurier, fils de mes parents et natif de Saint-Locdu-le-Vieux, j'ai été z'élevé dans la droitesse, à tel point que j'vote encore Chirac au jour d'aujourd'hui.

La main sur le foie, nous jurançons d'nous engager pour la gloire du sport et l'honneur d'nos équipes...

Mon cul, oui ! La gloire et l'honneur, ça brille moins qu'une médaille. J'm'ai pas tapé un régime aussi astringent et privé d'turlutes pour baiser l'cul de la Fanny et m'choper la cuiller en bois !

Et qu'on viendre pas m'dire que l'essentiel, c'est d'participer. Baron ou pas, j'y tire un pain. C't'à cause de ces conneries que d'puis des siècles la France ramène des brouettées d'nèfles à la cagna ! Dans la vie, y faut ambitionner !

Ceux qui gagnent pas, y sont jamais vainqueurs. Alors, courage, les p'tits gars ! Remuez-vous les couilles ! A bon tendeur, sale-cul !

– Comment tu l'trouves, mon sarment olympique, Tonio ?

– Olympien !

FIN

Table

Table

Composition et mise en pages réalisées
par ÉTIANNE COMPOSITION
à Montrouge.

Impression réalisée sur CAMERON par
BRODARD ET TAUPIN
La Flèche

pour le compte des Éditions Fayard
en février 2004

Imprimé en France
Dépôt légal : mars 2004
N° d'édition : 43811 – N° d'impression : 22763
ISBN : 2-213-61831-3
35-33-2031-9/01